U0418008

雪候鸟

你是世间最暖的书

包利民散文精选集

包利民 著

華中科技大學出版社
http://press.hust.edu.cn
中国·武汉

图书在版编目(CIP)数据

你是世间最暖的书：包利民散文精选集 / 包利民著. —武汉：华中科技大学出版社，2021.7（2024.11重印）

（雪候鸟）

ISBN 978-7-5680-7047-8

Ⅰ. ①你… Ⅱ. ①包… Ⅲ. ①散文集－中国－当代 Ⅳ. ①I267

中国版本图书馆CIP数据核字（2021）第061966号

你是世间最暖的书：包利民散文精选集　　包利民　著

Ni Shi Shijian Zui Nuan de Shu: Bao Limin Sanwen Jingxuanji

策划编辑：娄志敏

责任编辑：娄志敏

封面设计：三形三色

责任校对：刘　竣

责任监印：朱　玢

出版发行：华中科技大学出版社（中国・武汉）　电话：（027）81321913

武汉市东湖新技术开发区华工科技园　邮编：430223

印　　刷：湖北新华印务有限公司

开　　本：880mm × 1230mm　1/32

印　　张：8

字　　数：157千字

版　　次：2024年11月第1版第11次印刷

定　　价：35.00元

给渴望宁静与自由的你

第一辑 温暖——失眠的雪

我多想一直是那个守在七夕黄瓜架下的小小男孩，满天的星光照亮满心的希望。风儿都沉默了，叶儿都睡着了，只有我的梦伴着我，静静地聆听。

002 — 花开的方向

006 — 父亲的字

010 — 燕子啄新泥

014 — 穿着布鞋寻找回家的路

017 — 故乡的标点

020 — 大地上的风吹过我的年华

025 — 两回拥抱，一次握手

028 — 失眠的雪

031 — 时光的折痕

035 — 手心里的字

040 — 黄瓜架下的谎言

044 — 影暖留痕

048 — 走进一片雪花的温暖

第二辑 独处——一朵花落在肩上

花儿谢了，明年依然会开，它们永远不会丧失开花的心。而我们生命中那些逝去的美好，也定会如那些遥远的花儿般，次第绽放，一一重来！

052 — 一墙夕阳

056 — 一朵花落在肩上

060 — 在夜里醒着的人

064 — 一枕乡音梦里听

067 — 远去如花

070 — 你是世间最暖的书

073 — 追赶星辰的人

076 — 脚会记得路的暖

080 — 掌心里的太阳

084 — 有那么一刻，我感到很幸福

第三辑 | 遇见——月亮在敲门

多可笑啊，我曾为那么多微不足道的得失而方寸大乱。而最珍贵的一直都在，如这明月，如这青山，可我却一直视而不见，或者见而无感。

088 — 最美的声音

090 — 孤灯小卷

093 — 碎暖

097 — 门前的树叶黄了

101 — 月亮在敲门

104 — 从天而降的美好

108 — 青山明月不曾空

111 — 情不自禁

115 — 半河流水半河冰

第四辑 | 回望——有一声呼唤穿越地久天长

我们在清澈的期盼里走过的每一步，都会化作回首时的欣慰与缤纷，那么，即使脚下依然是沉重的境遇，又能如何呢？我们依然会在新的期盼里，走过日月流年。

120 — 夜里醒着的疼
123 — 被窝里的冬天
127 — 鸡犬之声相闻
131 — 清盼
134 — 有一声呼唤穿越地久天长
137 — 村庄深雪里
141 — 夜夜叶叶
145 — 等待采撷
148 — 比刹那更短，比时光更长

第五辑 岁月——青山独归远

我知道，终有一天，我会归去，心中的远方已是故乡。只是，在芳草连天中，当我独自走向遥远，会不会也牵扯着一束难舍的目光，而那一抹夕阳，会不会温暖我沧桑的身影。

152 — 低头见花

154 — 长忧身后书无家

158 — 醒着的梦

162 — 草间一梦

166 — 遗失在草丛里的玻璃球

170 — 不见来时伴

174 — 夏日午后

177 — 青山独归远

180 — 角落里盛开的青春

184 — 目光的河流暖了

188 — 大姐的三个拥抱

193 — 有一种温暖只能想象

第六辑

思念——深镌进心灵的目光

我多想牵着春风的手，走过千里路，走回三十多年的岁月，走进那一扇扇熟悉的窗，再看看年少的我们，看看年轻的父母，看看我们无忧的笑容。

198 — 明月照雪

201 — 奔跑的伤

205 — 捕风与捉影

210 — 花花草草

214 — 春风过敝庐

217 — 栖雪

221 — 知秋

224 — 最小的果园

229 — 只为给你写封信

233 — 会走路的书

236 — 深镌进心灵的目光

241 — 奔走的脚步到底通向哪里

245 — 包利民部分入选中考语文现代文阅读试题篇目

第一辑

温暖——失眠的雪

我多想一直是那个守在七夕
黄瓜架下的小小男孩，
满天的星光照亮满心的希望。
风儿都沉默了，
叶儿都睡着了，
只有我的梦伴着我，
静静地聆听。

花开的方向

母亲喜欢养花，家里的阳台上摆满了大大小小的花盆，四季的轮换里，总有花儿是绽放着的，如此，阳台上一直充盈着春意。另有几盆花是放在母亲的卧室里的，那几盆花是同一个品种，母亲也叫不出名字，虽然多次搬家，无论是同城的迁移还是城市间的辗转，那几盆花母亲都没有丢弃。

那几盆花只在每年的夏季里开放，花期半个多月。花朵并不出奇，比指甲略大些，一圈儿花瓣，中间是橙黄的蕊，外形上像极了小型的葵花。通常是三五朵聚拢成簇，有一种极浅极淡的香，只在寂寂深夜、万虑皆宁的时刻才能感受到。这种花最特别的地方，就是固定地朝着西方开放，无论怎样挪动位置或转动花盆，都不会改变。母亲就这样宝贝似的把它们养在卧室里，不离不弃。

母亲对于养花有一套独到的经验，不管什么花，在她的调理之下，都显出一股子活泼劲儿来，常让她的那些老姐妹们欣羡不已，总有许多人慕名上门来取经，或讨花丫和花籽儿。母亲的养花爱好是受姥姥影响，少年时曾和母亲回她的老家探亲，姥姥家在一个很远很远的乡村，几乎养了一屋子的花，院子里也栽得满满的。那时我就发现了那种母亲至今珍爱着的花，想来是姥姥送她的，问母亲花名的时候，她含笑说："你姥姥也不知道叫什么名字呢！反正我老家那边，这种花是很常见的！"

母亲卧室里的花，起初在老家没有搬到这个城市的时候，我记得是五盆，我大学毕业后，就成了六盆，而搬来这里后，又多出来一盆，成了七盆。仔细回想一下，几乎是以每十年一盆的速度递增着。直到去年，我发现那花变成了八盆，几乎摆满了卧室的窗台。算起来，去年正是搬来这个城市的第十年。而母亲的那些老友中，却极少有人知道这几盆花，母亲也从不给她们看，似乎那只是她自己的秘密。

母亲卧室里的窗户恰好是向西开的，那些花儿摆在那儿，每年夏季开花的时候，那些花儿便丛丛簇簇地向着窗外，很像隔窗远眺的样子。在它们的花期里，母亲留在卧室里的时间就多了，常常是坐在床上，向着那些花儿，也不知是在欣赏花儿的开放，还是看向窗外。那眼神飘忽着，仿佛很近，又似乎很远。

去年年末的时候，母亲回了一次她的老家，给姥姥过八十大寿。也有好几年没回去了，临行前母亲显得很是兴奋，似乎不管多大年龄的人，一想到要见着自己的母亲，都表现得像个孩子，是啊，人不管长多大，在母亲面前都是孩子吧！母亲一个劲儿地叮嘱父亲，卧室里的那些花几天浇一次水，每次水量是多少，直到父亲都能背出来，这才放心而去。而阳台上那些花儿的照看问题，母亲却是一句没提，任由父亲去折腾。

母亲回来后，很是高兴，有一种满足的神情，不停地说着姥姥的身体很棒，依然伺候着一大院子的花。也难怪，八十岁的人了，能有这样的身体和精神，作为子女自然开心幸福。我心里忽然一动，姥姥八十大寿，而母亲的花儿正好是八盆，回想起来，似乎真的是随着姥姥每十岁的增长而增多一盆。于是笑问母亲，母亲看向那些花，说："对呀，就是这样，你姥姥每长十岁，我就多种一盆！"一瞬间，忽然明白了母亲为什么钟爱那几盆花了，那些花是母亲从故乡带出来的，是姥姥曾栽种下的，母亲珍爱着它们，其实是对姥姥的一种思念，一种祝福。

有一天在网上，无意间闯入一个花卉论坛，各种花草的图片琳琅满目。素来对花花草草兴趣缺乏的我，正要关掉网页，忽然，仿佛闪电般，一个熟悉的画面划过我的眼睛，正是母亲卧室里的那种花！于是急忙点开，仔细看它的介绍。上面说，这种花不管在什么地方什么情况下，都是向西开放，并分析了很多原因。心里涌动着一股巨大的感动，因为我终于知道了它的名字，那是一个让人悠然神飞、魂牵梦绕的名字——望乡。

那些花儿又到了花期，母亲依然在守望着，目光轻柔地抚摸过那些小小的花朵背影，然后投向西方。而远远的西方，隔着山，隔着水，隔着风雨云雾，有母亲的故乡，有母亲的母亲！

父亲的字

//

看过父亲的字的人都很惊叹，无论是硬笔还是毛笔，父亲都写得极好，特别是行书，自成一家。在乡下生活的时候，每到快过年了，村里许多人家都会拿着裁好的红纸，来求父亲写对联，父亲也从不拒绝。

少年时代的我很叛逆，总是和父亲对着干，哪怕被父亲训斥也不悔改。其实父亲是很少训斥我的，顶多是发出一声叹息。因此，那时候，我并不以父亲的字为荣，甚至心里还很不在意，别人夸奖父亲的字时，我会有轻微的嫉妒、不服气，却又知道自己的字不好，便自己琢磨着练，也不向谁学，更不参照字帖。想着，父亲自己可以练好，我也可以。只是后来我才发现，自己练得杂乱了，每种字体都没有下深功夫，不像父亲只写行书，专攻一体，便也不再和父亲比了，我也长大了，书法也扔了，有时偶尔看到父亲的字，心底就会掠过一种异样的情绪。

父亲是很外向的人，口才极好，办事能力也强，而且能喝酒。那些年他在一个工厂当厂长，每天忙忙碌碌，回来后便滔滔不绝地给我们讲一些厂里的事。我很不愿意听，并把那分不情愿写在脸上。渐渐地，父亲回来就很少说那些事，甚至很少说话，只是吃饭的时候自斟自饮。喝了酒后，父亲有时会借着酒劲儿写一些字，我也曾偷看过几次，那些字在酒精的作用下越发透着一种灵动。可我从来没有称赞过父亲，还往往装作毫不在意。

有一次，父亲下班回来，拿了一些很大的纸，我以为他又要写什么书法作品。没想到父亲竟然对我说："我看你这几年隶书写得不错，帮我写几个大字！"我一时有些受宠若惊，便很认真地写，父亲竟很满意。也不知父亲用这些字干什么，当时心里小小地得意了一下，想着父亲也有不能的时候。只是没过几天就烦了，当父亲又一次拿回一些大纸来，再次让我帮着写大字的时候，我竟感到没来由的烦躁，便很没好气地说自己没时间。父亲听了默然，转身走了。我忽然就很内疚，可是依然没有叫住父亲。想着父亲一定是生气了，可是第二天晚上，父亲却很高兴地对我说："昨天我自己试着写了一下，也写出来了，看着还不错！"好像早就忘了昨天那回事。

过了好多好多年，回想起这件事，我的负疚之情却一点儿也没有减少，虽然我知道父亲早已忘了此事，父亲当年也并没有生气，可是，我知道，在当初我没好气地拒绝父亲的时候，父亲心里一定是伤心的。

而好多好多年以后，父亲老了，每天都会去公园里，和一些老伙伴们闲谈几句。父亲基本上是主讲，为此，每天出门前，他都要做足功课。每次回来，父亲都很高兴，和母亲讲在外面发生的事，知道我不愿意听，我在的时候，就闭口不言了。我很难过，父亲依然记得我少年时的态度，想想少年时的行为，真是悔恨交集。有时我会凑过去听听，父亲也不停止讲，他脸上笑着，我心里也就会好受许多。

那时父亲一直在写日记，几乎每天都写，他不在家的时候，我会翻看一下，满纸的龙飞凤舞，只觉得父亲的行书在向着草书的方向转变，字的力道也大不如前了。

没过几年，父亲得了脑梗，行动一下子不方便了，不能喝酒了，也不能出去和老伙伴们聊天了。父亲沉默了，在家里也不怎么讲话了，只是偶尔和母亲回忆一下以前的岁月。可能是回忆得多了，便想写出来，于是父亲开始写回忆录。我看过父亲写的，从儿童时期写起，那么多的情节，那么多的细节，都记得极其清楚，读来很是感慨。只是，父亲只写到少年时代就不再写了。问他，他说回忆那些和他的母亲的往事，心里很难过，难过到不能自抑，就停了笔，那似乎是父亲最后的字迹了。因为后来父亲病情加重，就更不方便也没有心情写字了。

二舅去世时，母亲回老家参加葬礼。那几天，每天夜里我都陪着父亲睡，照顾他夜里喝水上厕所，躺在父亲身边，便觉得像是回到了童年，却又瞬间想到了父亲的病老，心里就无边无际地疼。父亲起得早，天还没怎么亮就醒了。我便起来，伺候父亲穿衣、洗漱，然后扶着父亲坐在大椅子上。父亲就开始给我讲许多的往事，讲我所不知道的那些事情，我坐在他对面，很专注地听。想来，这么多年的时间里，只有那短短的几天，我听父亲讲得最多。也只有那么短短的几天，我才略微伺候了一下为儿女操劳了一辈子的父亲，真的是很遗憾，很遗憾。

不到半年的时间，父亲就走了，走得很匆忙。可是，父亲留给我的思念和疼痛却是那么漫长。一个人在家的时候，我会翻出父亲以前写的日记和回忆录看看，就像那些时光从未走远，可是放下日记本，又会觉得离那些时光，离父亲，更远了，比回忆还远，比梦还远。

有一天，我在翻看一本旧书的时候，从里面飘落一张折叠着的纸。打开来，是父亲的字迹，便记起来，这是那一年我们打算买房子时，父亲给我写下的一些注意事项。面对父亲熟悉的字体，看着，看着，一直看到眼中只剩下了泪，心中只剩下了爱。

燕子啄新泥

//

在我跑出家门的时候，母亲正在南园里重新起垄，一把二齿子蘸着阳光，一下一下，就把黑亮亮的泥土翻了起来。母亲很细心，每年春天都要把南园里的垄重新规划，各种蔬菜的分布也是岁岁不同。母亲转头说了声早点回来，我看见她脸上的汗水正莹莹闪着光。

向村西一路狂奔，浩浩荡荡的东风在背后推着我，感觉身体轻得要飞起来。抬头看，几只燕子正盘旋着忽远忽近。村外的大地上，一层初生的草细细地铺陈开来，小水库里的水记录着每一缕风的足迹，这一切都在呼唤着我的脚步。水畔半湿润的泥地上，聚集着一群燕子，见我来也不惊。村里的燕子是不怕人的，它们和我们生活在同一个屋檐下，而且很小的时候，大人就告诫我们，不许打燕子，打燕子会瞎眼睛。所以，麻雀就成了我们弹弓下的目标。

我忽然对河边这些燕子感了兴趣，又悄悄往前挪了几步，它们却不为所动，依然如故。我知道它们在啄新泥，垒巢或补巢，便饶有兴致地看着，有的燕子嘴里衔着小草棍飞来，落在那儿，放下草棍，啄一口泥便抬头四顾，偶尔与我的目光相对，也不意外，接着再啄一口，继续举头，重复四五次之后，才衔起那根草棍展翅飞走。我原以为它们每次就啄一口泥，如今看来，竟然是四五口，真不知它们怎么把那么多泥填进嘴里再带回去的。

在那里凝视了许久，直到最后一只燕子也飞走了，我才回过神来。那一处湿地上，只余一些爪痕杂沓。我忽然想到一个问题，秋天的时候，燕子到底飞去了哪里？虽然知道是去了南方，可是到底在南方的什么地方过冬呢？它们到了那儿，也会这样啄泥补巢吧！于是就有了新的问题，冬天也温暖的地方，它们为什么还要飞回来呢？直到长大以后，我都没有弄明白，是不是会有一个四季都没有寒冷的地方，燕子终其一生也不会离开？

这时候又有一些燕子飞来啄泥了，或许就是刚才的那一群，已经完成了一次，再接着下一次。我回到家，好几只燕子先我一步进了院子。我家的檐下，排列着六个形状各异的燕巢，而靠近西边的地方，一个新的燕巢已渐渐成形。新来安家的两只燕子正忙碌着，把自己的小家园建设得温馨美好。母亲依然在南园里干活，本来荒芜杂乱了一个冬天的菜园，此刻已然条条新垄纵横，像写在纸上不同方向的几首整齐的诗。

我继续仰头看着那个快建成的小小家园，发现每一个燕巢都是不一样的，也许，燕子们刻意让自己的家更与众不同一些。“燕子归来寻旧垒”，而旧垒因一些情况而不存在了的，比如因房子重盖了，或者冬天时被顽皮的孩子捣毁了，那么，燕子们就要重新选址。新入住我家的这两只，有可能就是这样的情况。人们都说燕子多的人家是好人家，不一定富有，但一定和睦。所以，每有新的燕子来筑巢，我们都会很欣喜。

长大后读诗词，总会看到“客燕”一词，也许是因为“身如巢燕年年客”，每年奔波两次，辗转而怅然。可是回想童年时见的燕子，那样热情地构筑家园，那就是它们的家啊！所以，我更喜欢我们的叫法，家燕，这不是生物学中的分类，而是相对于“客燕”而言。为什么要说它们年年是客呢？这分明就是年年回家啊！不管春秋，无论南北，都是在回家。

夏天的时候，家里的那只淘气的猫，有一次在房檐上，伸爪把一个燕巢的入口给破坏了一小块儿。当时我很担心那对燕子会飞走，可是它们依然生活在那里，好几天也不补巢。直到一场雨后，它们才开始衔泥回来。便猜想，燕子垒巢，可能是喜欢用新泥的，新泥新家园，想来很美好。那对燕子补巢的时候，父亲也正挥汗如雨地在院外和了一大堆泥，趁着阳光晴好，给房子的外墙重新抹了一遍。还制了不少泥坯，准备晾干后，把院墙也重新修补。

我不记得那个巢里的小燕子是什么时候出生的，约有三四只的样子，可能是春末或者夏初的时候吧！我仔细观察了很久，大燕子每天衔回食物喂小燕子，晚上的时候，它们就挤在一处。忘了过去了多久，小燕子自己飞出来了，而两只大燕子却不见了。那个巢里，就剩下了小燕子，又过了一段时间，里面只剩下了一只燕子，其余几只不知去向。不久后，留下的这只长大了的燕子，有了新的伴侣，那个老巢，也成了它们的新家。

很惦念离开的两只大燕子和那几只小燕子，问大人们，也说不清。后来一个老人告诉我，当小燕子能飞出去自己觅食之后，大燕子就另寻他处重新筑巢去了。而小燕子们，最后也只留下一只，其余都会出去筑新巢。便明白了，为什么整个夏天，都有燕子在啄泥。也许，我家檐下新巢里入住的两只燕子，并不是寻不到故垒，而是留给了它的孩子。

许多年以后，回想屋檐下的燕子和人们，有着许多相似之处，都在为家园而操劳，也都在为后代而奔波。我也终于不再纠结为什么燕子不留在一直温暖的南方了，因为我知道，很多燕子出生在北方，这里是它们的故乡，有它们的家园，所以才会年年归来。而遥远的南方，也会是一些燕子的故乡和家园吧！

燕子年年回家，回家的路即使再长，也是没有漂泊之苦的。反而是如我这般，远离故乡却再也无法归去的人，才会有浓得化不开的乡愁。

穿着布鞋寻找回家的路

阳光暖暖地爬在房门右侧的墙上，小小的我看着母亲专心地打袼褙。“袼褙”这个词，早已在时光的流逝中消失，可在那个年代，却是很常见的。打袼褙，就是把一些碎布旧布一层层地用白面做的糨糊粘贴在墙上，在太阳下晒，最后形成硬挺而坚韧的材料，多是用来做布鞋的。如果做鞋底，就要用四五层厚的袼褙，做鞋帮鞋面，就用两层的。

每个孩子都穿着自家做的布鞋，奔跑在尘土飞扬的乡间路上。母亲做的布鞋要比别人的更精致美观一些，而且也脱离了那些寻常的黑灰色调。我经常穿的那一双，是系带的，每一次我都把鞋带系得很紧，让鞋更贴脚，这样才能在不停地跑跳中达到最好的效果。因此很多年以后，我都一直觉得，布鞋，是属于泥土的。只有在那些裸露的土地上，在飞舞的尘埃里，布鞋才能找到故乡，找到舞台。在城市的柏油路上，在钢筋水泥的森林里，布鞋会和我一样迷失。

十四岁的时候，从乡下搬进县城，依然穿着布鞋走在新学校里，不知牵引了多少人的目光。那目光中流淌着我所不懂的东西，或者是好奇，或者是嘲讽，那些东西有很长一段时间一直跟随着我，累积成我生命中最初的自卑。走在县城的街上，虽然熙攘着的都是不相识的面孔，却总觉得校园里的那些目光无处不在，似乎连路旁修剪成精美形状的树都在盯着我。而且不知从什么时候开始，看别人的时候，总是先用目光快速扫过别人的鞋子，同学们的鞋子大都是球鞋，也有皮鞋，偶尔也有穿布鞋的，却是那种买来的很平整的，和我脚上的不可同日而语。

于是在热闹的街上，我和我的布鞋一起迷失了，我们都徘徊着，只觉眼前一片迷茫，似乎走到哪里，都摆脱不掉那一地各式各样的鞋子。每一次回来，都好像在坎坷中走了很久，沉重疲惫。想起从前，在野地里追逐奔跑那么久那么远，在布鞋与尘土的轻拥中，双脚从不觉得累。那时从没有想过，我会穿着母亲做的布鞋走在城市的校园和街道，走得离故土那么远。

这以后我坚决不肯穿系带的布鞋，母亲便给我做了一双懒汉鞋，是那种底儿很厚平板板的无带的布鞋，轻捷方便，因为班上有男生穿这样的鞋，不过他们都是买来的。再也没有了袼褙做成的鞋底，鞋底是母亲买的，那双鞋我穿了很长时间，只是总没有之前的舒适感觉。总是想起在乡下时，母亲在灯下纳鞋底的情景，也许少了那一针一线的绵密，少了昏黄的灯光和温暖的目光，鞋子在我脚下，便也少了一种来源于心灵的舒适。

后来新换了个体育老师，他要求我们上体育课必须穿球鞋，我才算拥有了一双布鞋以外的买来的鞋。于是，懒汉鞋便被抛弃在角落里，就像曾经的村庄被我抛弃到心底最偏僻的地方。记得有一次，我们去一个男生家里玩儿，进门的那一刻，面对锃亮的地板，再看看脚上的布鞋，一种莫名的恐惧或者没来由的羞愧，竟让我愣怔了良久。坐在屋里，看着门口，我那双布鞋夹杂在几双漂亮的鞋子之间，心里一直想着逃离。

上了高中以后，我渐渐地拥有了自己的运动鞋、皮鞋，在鞋子更替的过程中，我慢慢地拥有了一种不真实的自信。此后，各种材质样式的鞋子纷纷路过我的脚，我穿着它们走过一段又一段的路。忽然在某一天回望，布鞋已不知消逝于我生命中的哪一个路口，而故乡的村庄，也早已化作千里之外的一粒尘埃。忽然觉得，从我脱下布鞋的那一刻起，便走上了一条无法归来的路。后来也曾买过做工精良的布鞋来穿，却没有了朴素岁月的滋润，没有了母亲那双手的温度，就再也没有了那分情怀。在心底沧桑着的，是岁月和母亲白发的苍凉。

多想再穿上那双系带的布鞋，走向岁月深处的那片土地，走进那个村庄，走到阳光暖暖，融了我心上的冰和母亲发间的雪。

故乡的标点

有时候回望故乡，曾经的点点滴滴，就像一篇情节曲折、细节感人的小说，心就徜徉于其间，流连忘返。而那分乡情浸润的记忆，如风如月，如散文般动人心怀，回味悠长。那些星星点点于往事中闪烁的，就如标点般，分隔着许多情节的变换，也连缀着许多细节的相互辉映。那些标点般的存在，就是故乡烙在我心上不可磨灭的符号。

村西的那条小河直直地流淌，儿时遥望河流的尽头，是无尽的憧憬，如今从记忆里望去，它却延长着我的思念。河流是一个破折号，一头连着故乡，一头连着我的心，完成着一句最深情的表达。

最眷恋村中央的老井，多少清晨同太阳一起涌起的喧闹，多少黄昏烟袋点亮井台上空的第一颗星星，它沉默地陪伴，在日月流年里。圆圆的井口，装进了祖祖辈辈的目光，也装进了数不尽的星光月色、沧桑变迁。终于有一天，它静静地消失。老井是个句号，终结了一段过往，开启了一轮想念。它把怀念封存于过去，只有回望的目光，只有心底的温暖，才能走近它的故事。

那些灵动着的鸟雀，倏聚倏散，时栖时飞，就像一群不安分的逗号，调皮地更换着位置。于是村庄故事的情节被它们不停地打乱重组，生发出许多不被预料的精彩。还没有从一个情节中回过神来，逗号们已把另一个情节呈现。当年看不过来的细节，跟不上的节奏，在多年以后的回忆里，却如慢镜头般一一上演，纤毫毕现。

有人说，跟着炊烟的脚步就能回到家。可是，当隔着时空的距离，即使被炊烟牵手带回的，也不再是过去的故乡。村庄的炊烟是无数的叹号，每一天的早中晚，都在天地之间书写着一种情感。就算有风的时候，也吹不散那一缕牵挂。炊烟下的房子，就是叹号的一点，也是生长着所有梦与情感的地方。所以，跟着炊烟就能回到家，一个所有爱恋的来处。

村周围的那些林子，像一组巨大的括号，把故乡揽进温暖的怀抱。所有的荫凉洒落，所有的温暖萦绕，多少春秋冬夏，故乡都在安逸宁静与幸福中存在着，它也一直这样存在于我的心里，从不曾因世事沧桑而改变。

宁静的夜里，狗的叫声就像一个个顿号，在现实和梦境中切换着情节。仿佛梦里一个短暂的停顿，狗沉默了之后，便又回到梦里的故事。可是在没有犬吠的都市之夜，一梦沉沉，疲惫至极。再没有一两声狗叫，缓冲一夜的流逝。就像不停地跑了许久，累到至死，依然没有能够接近故乡。

亲人的心是引号，我的心是引号，我们用心记取着每一句话。虽然时光走远了，那些话却一直在引号间响着，便是彼此的幸福。当亲人故去了，当时光也老了，失去了一半的引号，那些话便都散落在泪水中。我想说更多的话给他听，可是，再也没有另一颗心把这些话语留住。于是，我的思念便不可断绝。

小河边的垂柳是问号，亲人弯了的腰是问号，想念时低头流泪的姿势是问号，都在问着同一句话：为什么要离开故乡？为什么宁可在终生的怀念中去爱，也不愿意守着那一方热土？

所以，父亲夜里的咳嗽声，我离开家乡的足音，母亲时常的叨念，都是省略号。省略了那么多的故事那么多的心情，却使无言的过往如海一般将我淹没。走得越远，离得越近，永远不能省略的，都是离家孩儿的赤子之心。

大地上的风 吹过我的年华

田垄纵横的黑土地不停地吻触着我的脚掌，鞋子已被扔在遥远处，脚趾间不时有细细的土粒欢快地跳出来，一如那些深藏的过往，于某个瞬间在心底涌动，哪怕只是点点滴滴，也会漾起无边的眷恋。

这是三十年后的一个五月，重回故土的怀抱，迎着长长的风。庄稼们刚刚探出头，一片欣然的绿。迎着秧苗们舞蹈的方向，我看见风儿穿过无垠的旷野，掠过高高的白杨林，抚过河水的微笑，然后，将我这个游子轻轻地拥抱。它把我的泪痕淡去，衔着我轻盈的思绪，飞向这片土地的辽远。

在这片曾经成长的土地上，遗落的那些往事，此刻纷纷破土而出，生长成郁郁葱葱的回忆。那时第一次在风里受了伤，贪恋无穷的雪趣，让双手在北风里不停地掬起一捧捧的洁白。回去后手便红肿，如快过年时的馒头。村里曾经有一个孤独的老人，每到冬天，他都会在野外结冻了的河边，向着远方凝望。他干枯的双手就裸露在冰天雪地里，上面布满了裂纹。冬天的风是锋利的，它刻下了那么多的印痕，任再长的时光也不能抚平。

老宅的南边，是一大片菜园。夏天的时候，果红蔬绿，将风儿氤氲得清香四溢。依然是冬天的风，只是它轻巧地转了两个方向，便走过了春的明媚，与火热的太阳一同挂在檐角。喜欢长长的夜里，敞着窗，每一阵清风的涌入，都会带来不同的感受。或是远处草甸上起伏的蛙鸣，或是院落墙角蟋蟀悠长如诉的鸣声，偶尔几声鸡鸭熟睡时的梦呓，梦便悄悄缠绕在草房的怀里。

清晨的菜园里，是母亲的身影，年轻得像那些正攀爬的蔓，黑发在风中飘舞，掩映在那片深红浅绿之间。当炊烟散尽，村庄便寂寥起来，只有风儿伴着无所事事的儿童在土路上蹒跚。而田地里则一片热闹，累了的时候，爷爷会站在地头的树下，衔着长长的烟袋，脸上条条的皱纹就像眼前的田垄，盛满着汗水，连风儿也在其中驻足。真不知在爷爷的皱纹里，走过了多少回东南西北风。

想起秋天的时候，和爷爷去野甸上打草，挥舞长长的钐刀，高高的茂草在风中起伏，将远处的天空割划得支离破碎。那些都是苫房草，金色的茎被两季的风握得极细，中空的茎里，似乎还残留着风儿的味道。闲暇的时候，爷爷便去割一些柔软的草，坐在窝棚边上编草鞋。通常是在黄昏时分，他的烟袋燃红了天上的云，粗糙的双手灵巧地翻动，那些草儿便听话地改变着模样。我常穿着爷爷编的草鞋奔跑在黑土地上，暖暖中透着凉意，仿佛把清风和斜阳都编了进去。

有一年夏天，那个下午的天空忽然昏黄起来，然后龙卷风就来了，看着草房的顶盖被掀走，我们惊恐地缩在墙角。是爷爷一直在护着我们，他看向头顶的那一方天空，脸上依然带着笑容，给我们讲龙卷风的形成。那个情景深深刻在心底，爷爷已故去多年，回想起来，那么多年的风来风往，吹浊了他的眼睛，却吹不散他脸上的笑容。爷爷从不会讲什么生活的大道理，可是，他在风里的身影，却是我永远的力量来源。

当年离开故乡的时候，我十四岁，坐在敞篷的车后，东风猛烈，吹出了满眼的泪。看着飘摇远去的村庄，记忆中的风儿依然挂在老宅的檐角，依然缠绕在南园杏树的粉红里，是哪一缕风儿来我为送行？车驶过村外的旷野，想起在这大地之上，在浩荡的风里，我曾跌倒过多少次，然后慢慢地长大。这一切行将远去，在那河边不远处，长眠着我的爷爷。从此，只有风儿陪伴着您了，我孤独的亲人。

从此我一直颠簸辗转，离那片土地越来越远，在他乡的风中如飘蓬，常常感受路过的每一丝风，想从中闻到故土的味道。奔波劳碌之余，便去城郊的河边，望向故乡的方向。故乡的河流在百转千回之后，是否改道他乡？忽然想起当年村里那个孤独的老人，他在寒风里在凝固的河边遥遥而望，也应该是一种相似的心绪吧。风从故乡来，带着泥土的气味，让一颗无依的心总是忍不住涨潮。

而沧桑的三十年后，我重又站在熟悉的风中，满目依然是过去的村庄，只是那些人儿，却已经陌生。三十年的光阴，有多少人苍老在风里，又有多少人长大在风里。风儿依旧吹着，吹老了一茬茬的容颜，又有太多的人如蒲公英般，随风远去，在别处生根。也许蒲公英世世代代在寻找着故乡，如那些白了头的愿望，在风中流浪。

这大地上的风，无论从哪个方向来，都轮回着我不变的思念。它让河流沉睡，又让河流在轻抚中醒来；它吹老了岁月深处的那些容颜，就像吹黄了那一茬茬的庄稼，只是，它能唤醒又一年的葱茏，却再也唤不醒沉睡在大地上的人们。爷爷的坟前已是草色青青，却再也没有一双手将那些草儿和着风儿编成轻便的鞋子。

老宅的南园依然，那株杏树更为粗壮，枝丫间已渐渐地透出粉意。就要绽放了，那一树的等待，除了风中的我，没人知道那些花儿年年为谁开放。母亲也垂垂老矣，风儿掠过我的年华，也掠过了她的苍老。南园里，再也不会有那个年轻的身影。

斜阳行将涂抹温暖的大地，风儿轻轻地停在眉梢心上。我不愿离去，我愿意在这大地上老去，愿意让大地上的风洗白我的发。可是，脚步却如风般不肯停驻，不过那又有什么关系，只要脸上的笑容不曾苍老，那么，岁月永远多情，一如风儿的年年流淌。

想起儿时冻伤的手，那时从不曾想过，多年以后，在千里外的一个冬天，许久不曾冻过的手，竟再次被风吹肿。无眠的夜里，那分攒刺般的疼痛，立刻疼醒了所有的岁月。

两回拥抱，一次握手

欢声笑语流淌在偌大的空间里，面对每个人脸上漾出的喜悦之情，他有一刹那的恍惚，此刻，幸福是如此之近，近得可以听见生命中所有美好的足音。

婚礼已经进行到了最深情的时刻，在主持人的介绍下，他的父亲有些局促地走到台上，欣慰、自豪、紧张，种种情绪交织在他的眼睛里。当主持人让他去拥抱父亲时，他看着父亲，父亲的眼里竟有些慌乱。他张开双臂，把不知所措的父亲紧紧抱进怀里。父亲的白发就在眼底闪烁，父亲忽然放松下来，用手轻轻拍着他的背。这一刻，他心底的情感终于溢了出来，那些白发也在泪光中朦胧成遥远的过往。

这是和父亲的第二次拥抱。在成长的岁月中，他并不是一个让人省心的孩子，在那个小小的村庄里，在十八里外的镇子上，他的青春基本上是在打架中度过的。和很多没妈的孩子一样，他经常被父亲打。父亲是典型的乡下男人，能干、沉默、粗鲁，喜欢喝酒，只是，父亲并不目光短浅，父亲打了他那么多次，一多半是因为他不想上学。

只是他并没有像那些孩子一样被打醒，虽然他勉强考上了县城最差的一所高中，却依然讨厌读书。他依然打架，父亲依然打他，他依然执迷不醒。有一天他忽然就感到了自卑，那种毫无来由的自卑，让他刹那间有了想改变的冲动。于是，一个新的人生开始了，虽然已是高考在即。

他复读了两年，才考上了一所极为普通的大学。他并不失落，觉得对于自己来说，这已经是很大的成功了。家里人都很高兴，为他终于可以跳出农村的生活。父亲那天喝了酒，破天荒地话多，他陪父亲喝酒，却是沉默着倾听。其实，当时在他的心里，并没有太多的感激，虽然父亲为他上这么多年的学付出了很多，他有的，只是一种心疼。很是刺心的那种疼，纠纠缠缠，摆脱不掉。

离乡的那个早晨，父亲送他到公路边上等车，一路都是父亲执意背着行李，一路都是无言。看着汽车远远地驶过来，他刚想弯身去提行李，父亲却忽然抱住了他，他身体瞬间僵硬。在记忆里，父亲从没拥抱过他。父亲轻轻地拍着他的背，拍碎了他心里郁积多年的块垒。车到了近前，父亲在他耳边说了两句什么。他匆匆上了车，转头间，只看到父亲的笑。

那么多的光阴就这样流走了，仿佛只是一夜之间，少年就已经白了头。曾经的两次拥抱已经离开他很久很远了，父亲，也已离开他很久很远了。很多的日子里，他都会努力去回想，当初上车前，父亲在他耳边说了两句什么话。只是，越想越是模糊，就像他越想去梦见父亲，却越是无梦。

清晰的只是最后的告别那个场景。病床上的父亲已经到了最后的时刻，他从几千里外赶回来，看着父亲被岁月剥蚀得只余残喘，不禁悲从中来。本已陷入昏迷的父亲，忽然醒了，冲他伸出了手，他握着父亲的手，就像握着曾经所有的时光。父亲说不出话来，他亦哽咽难言。父亲的眼中闪着一丝满足，然后，便闭上了眼睛，从此隔断了父亲在世间给他的最后的温暖。他感受着父亲的手渐渐冷却下去，他知道，从此所有的往事都熄灭了，再也没有寻处。

多少个无眠的夜里，他都不停地回想着父亲的种种，特别是那场最后的告别。父亲闭上了眼睛，也切断了他在世间最后一条回家的路。他记得握着父亲的手时，感受到的那分无力。那个夜里，他又回想起这个情节，忽然心里一震，清晰地记起了父亲送他上车前所说的话：

“你看，爹背了十多里地的行李一点儿不累，还干得动，供你上学没事！好好学吧，爹再也不打你了！”

失眠的雪

//

一个遥远的冬夜，被父亲的咳嗽声惊醒，从窗帘的缝隙中看出去，大雪依然在下，纷纷扬扬却又无声无息，我便再也睡不着了。

更遥远的一个冬夜，当时我正饱受着失眠的折磨，在学校宿舍的床上翻来覆去地睡不着。正难受间，上铺的兄弟翻了个身，然后听见他窸窸窣窣地穿衣服，片刻后，他爬了下来，轻声说："我也睡不着，走，出去转转！"我也穿好衣服，我俩轻车熟路地来到一楼卫生间，从一扇被掰断了铁栏杆的窗子跳了出去。脚一落地，就被清澈的寒冷拥了个满怀。

大雪早已停了，此刻已过了午夜，半轮冷月高挂在天上，我俩不敢在校园里游荡，便悄悄地走过大操场，从后面的矮墙上跳出去，来到一条河边。河流早已凝固了形状，大地上的雪在月色之中闪着迷濛的光亮。我俩在河边闲走着，不知踩醒了多少沉睡的雪，其实，那些雪早就被月光唤醒了吧？或者被偶尔的风给吵醒了吧？

我俩走累了，便倚在小桥的栏杆上，他递给我一支烟，在两点明灭的火光间，一片朦胧的烟雾里，我们说着一些漫无边际的话，有对过去的回望和感叹，也有对未来的憧憬与恐惧，还有对当下的困惑与迷茫。彼此的诉说，在这寂寂的夜里，除了两颗安静的心，还有那些无眠的雪，在静静地倾听。

后来我在电厂倒班的时候，还经常想起那个一起倾谈的雪夜。那时正是别人都在睡觉、而我却在纸上奋笔疾书的时候。后夜班，依然是深深的冬天，从零点到早八点。写累了，我就走出那个小小的角门，来到二楼室外的小平台上，有时候雪花扑面，有时候北风盈怀，我觉得自己也正挣扎着想从一个长长的夜里跑出来。

快十年过去，回忆起那段生活，那段昼夜不分的日子，许多人事琐碎都已淡忘，只有伴我不眠的那些雪，依然那么清晰，似乎一直飘落在我的心底，飘落在我生命中最圣洁遥远的某个地方。特别是那些下前夜班的夜里，足迹写在午夜，不落雪的时候，地上的雪也都昏沉着。一直觉得除了自己，一切都在沉睡。有几次，总是走着走着就若有所思地停下脚步，那样的时刻，我竟然捕捉到一缕风和一片雪的对话，竟然聆听到树上的雪不安分地跌落下来，竟然感受到所有的雪都在依依低语！

那时就忽然明白，失眠也好，无眠也好，我并不是一个人。以前一直觉得，似乎自己与一切格格不入，常常觉得走进了绝望之夜，四顾无人，仓皇无助。其实，很多的美好一直都在陪伴着我，比如那些失眠的雪，比如美好的希望和梦想，比如从未辜负的日月流年。那么，我就不是孤独的，长长的路上，虽然有时看不清远方，却可感受身畔直入人心的种种温暖。

那个被父亲的咳嗽声惊醒的冬夜，我看到母亲不停地进出，伺候卧病的父亲，在隐约的灯光中，母亲的白发是那么显眼，如窗外的雪。心里便忽然很疼，岁月的雪落在母亲的发上，再也不会消融了，母亲发上的雪也在失眠。

父亲已故去五年了，我依然会在一些忽然醒来的午夜，看到母亲在悄悄地走动，在窗外透进的微光里，她的白发依然如雪一般，同母亲一起失眠。那样的夜里，我深深地感受到，同母亲一起失眠的雪，蕴含着多少无法弥补的苍凉。

时光的折痕

爷爷坐在六月的阳光下喝酒，酒壶放在身前的小桌上，只有一碟咸黄豆做下酒菜。花狗转来转去，小鸡们也在围观。我坐在稍远一点的一块石头上，正听爷爷讲他年轻时的故事。

那些浸润着酒气的陈年往事，让我也有了微醺的感受。细细地看爷爷的脸，每一条皱纹都生动着，阳光和笑意盈满了每一条沟壑。多年以后回望这个场景，忽然觉得，是不是人的一生中每一次重要的经历，最后都会在脸上刻下一道痕迹？就像我的爷爷，脸上的深深浅浅，短短长长，记录了多少难忘的坎坷曲折。

就像我曾经收藏了许多年的那些信件，由于无数次地阅读，无数次地折叠，信纸上的折痕便越来越重，甚至快要断裂，似不可碰触的遥远年华。而信上渐渐模糊的字迹，也如云烟般的往事，只记得心情，却模糊了细节。回想这半生，走了多少回头路，并不是为了寻找遗失的东西，而是一次次从迷失的方向上回归。那么，每一次的转折，是不是也会在脸上留下一条皱纹？或者，在心上留下一道折痕？

熬夜后的清晨，看着镜中的容颜，总会有一瞬间的惊骇。镜中那个蓬头垢面、目光黯淡的人是谁？细看，眼圈发黑，额上眉间也已有着刻痕，便会生出刹那间的恍惚。我的心里还有着那么多憧憬，还有着那么多梦想，还会为许多事好奇，还会随喜随忧，怎么就憔悴苍老如斯呢？也许时光的潮能把一颗心冲洗得圆润无尘，而岁月的风总会消肌蚀骨，这是躲不开的变迁。幸好，心上还未蒙尘。于是再看镜中的自己，便也寻到了熟悉的印象。

我翻出几大本古老的相册，想看看到底是在哪一年，脸上生了第一道皱纹。儿时，少年，青年，一路看下来，照片串起了所有走过的路，一些以为被淡忘的，此刻都被唤醒。总是在看着看着的时候，便会有一种陌生感，那个乖巧的儿童，那个孤独的少年，那个笑着的青年，真的都是我吗？怔然良久，才记起最初的目的，于是重翻数不清的岁月，与无数的自己对望。

是从乡下搬进城里的那一年吗？可那张照片上只是少了笑容。是高考失败的那一年吗？可那时的自己只是目光不再清澈。是生病的那一年吗？可当初的自己却依然微笑着。那么，是离开家乡父母远赴群山的那一年吗？可我的眼中只有希冀。第一道皱纹，似乎是无声无息悄悄镌刻，又好像是一夜之间成形，总之捕捉不到过程。仿佛时光在某处忽然跳了几跳，人便已沧桑满面。

除了第一条皱纹无迹可寻，其余的就接二连三出现，那些皱纹就像老年人喜欢经常忆起的往事，聚集在心里，也聚集在脸上。就像父亲年老的时候，头发很少，额上脸上皱纹纵横，行动很迟缓。可是谁能把目光穿透重重的光阴，看到年轻时的父亲呢？那时的父亲是公认的帅气，而且意气风发，每天写一篇文章，每天写一首诗词，而且还经常打篮球，闲暇时拉二胡……就是那样一个充满阳光的年轻人，也终会走到暮霭沉沉。

父亲走得很突然，很长很长的一段时间里，总是想起年轻的父亲带着年幼的我，走在哈尔滨的大街上。虽然那么多的日子正扑面而来，可我们都身在最美好的时光里，所以无惧，心底满是希望。可当我送别老年的父亲，美好的年华都在身后凋零，想到再无相见之日，那一分伤痛，让我额上的皱纹更深几许。一路走，一路告别，正是那些皱纹记录着每一次的悲欢离合，每一次的人事变迁。

想起遗失的那一箱子日记，从小学到大学，我曾经怎样将日子和心情细细地描画，想着将来有一天，会带着笑，会含着泪，一读再读，重温那分美好。如今日记丢了，许多回忆，许多心情，便也丢了。有时候会想，那些日记会在哪一双眼中生动？还是在哪个角落里化作泥尘？不过也挺好，也许朦胧着的，会比清晰的更好些，而且曾经写下的每一笔，岁月都把它写在了心底，写在了脸上。在心里重新勾画那些过往，也许就是一种回首时的无悔。

很久以后的一个夜里，我梦见了年轻的父亲和年幼的自己，他们都笑着，笑得那么清澈，我看得清那笑容里的每一丝细纹。我发现，我们笑的时候，脸上的痕迹就是后来皱纹的雏形。原来，皱纹是时光把曾经的笑一点一点地描刻在脸上，那是多美好的一个过程。

所以，在笑着的时候，那些时光的折痕都漾满了生动的情意。

手心里的字

一

二十多年前，和几个记者朋友去一个很偏远的镇子，他们想要了解这里的教育情况，我则是闲着出来散心。那是一个很落后的小镇，看着甚至不如我家乡的村庄。他们几个稍稍安置了一下，就出去采访了，我没有跟着，而是随意地在外面溜达。东北大平原上的景象到处都差不多，正是夏天，遍地茂盛生长的庄稼，勾起了我的思乡之情。

第二天，镇里的中心学校请记者给学生们上一课，没想到那几个家伙竟然把这事推到了我身上，并和校方说，我是个作家，发表了一些文章。结果我被赶鸭子上架，临阵上场，虽然曾经短暂地当过老师，可是重新回到课堂，我真的不知该怎么讲，也不知道讲什么。最后只好讲了一堂作文课，就是那种随心所欲地讲，用各种小故事来激发学生对作文的兴趣。没想到效果出乎意料地好，学生们笑声不断，对作文似乎都开始感兴趣了。

离开学校的那一天，之前听我讲课的那个班的学生都来送我，他们轮流到我面前说再见，最后一个男生跑过来，冲我鞠了个一躬，然后，把左手掌心向着我，我一看，手心里写着四个字：谢谢老师！

一股暖流在心底涌动着，我知道这个男生，在班级里，他很认真地听课，却从不发言。班主任之前就告诉我，他因为六岁的时候误喝了农药，虽然抢救过来，却烧坏了声带，再也不能说话。

二

极短暂的教师生涯中，有一件事让我印象非常深刻，即使现在那么多年过去，也时常会想起，会动容。

当时我正在监考，期中考试，我和另一个老师一前一后地看着。其实我早就看到有一个男生有些不对劲儿，他每答一会儿题，就会低下头来，并把左手也放到桌子下面。我猜想，可能他的手心里藏着小纸条什么的，我没有动，只是不时地看一下他。他脸上并没有那种心虚的神情，只是他的行为太过可疑。过了一会儿，另一个老师也发现了这个问题。他并没有犹豫，直接走了过去。

我也跟了过去，那个老师很严肃地对他说：“把你的左手伸出来！”

所有的同学都停止了答题，向这边看着。男生脸红了，慢慢地伸出了左手，张开，然而并没有纸条之类的东西，他的手心里写着两个字。那个老师轻轻地把他的手合上，说：“继续答题吧！”

回到前面的讲台上，看着同学们疑惑的眼神，我在黑板上写了两个字——冷静！然后说：“那个同学手上写着这两个字，我也要提醒大家，考试的时候要冷静，冷静地审题，冷静地思考，冷静地答题。好了，大家继续吧！”

那个男生写在手心里的两个字，也永远地写在了我心里。

三

上中学的时候，一个老师给我们讲她的一段经历。

这个老师少年时，由于一场火灾，她的左脸被烧得很严重，再加上当时的医疗技术落后，所以留下了很恐怖的痕迹。她刚开始给我们上课的时候，我们都很震惊，常常是看着她的脸，就分了神，忘了她在讲什么。可老师毫不在意我们的目光，她给我们讲那场火灾，讲她从上学到工作时经历的种种艰难，特别是心境上的。我们深受感动，后来就习惯了她的脸，她的课讲得极为生动，很多同学因此爱上了语文。

老师给我们讲的是她在一个偏远山区教学的事，并不是支教，她当时是去那里的亲戚家度假，村里的学校请她讲讲课，她一讲就是一个月的时间。

她说："我第一次走进教室，那些小学生都吓傻了！你们比他们大不少，还知道控制表情，可他们，就那样直直地看着我，嘴都合不上，眼睛里全是恐惧。"

这是她意料中的情景，而且经历得多了，所以也并没有受什么影响。小孩子很容易被打动，被吸引，在她与众不同的讲课过程中，那些孩子眼里的恐惧全都消失了，取而代之的是一种兴奋，一种向往。大山深处的孩子，对外面的世界是那样地渴望，他们的目光，也点亮了老师的心。

老师要走了，孩子们很不舍，眼里都闪着泪光。离开那天，孩子们送到村外的路口，有四个孩子走到前面来，他们一一举起左手，手心里各有一个字，依次是"老""师""您""好"。"老师您好"。她很感动，觉得这是最难忘的一个问候。可有个男生却说："本来我们五个人，各写一个字，我们四个是前四个字，是大家商量好的，第五个字是林小菲写，她对我们保密，不告诉我们是啥字，说到时候就知道了。可今天听说她病了，起不来炕了，就没来！"

回去的途中，老师一直想着，那最后一个字是什么，她猜了很多，都觉得有可能。这成了一个悬念，很多年了，还总会想起。

老师说：“有一年我收到一封邮件，打开来，里面是一张照片，照片上是一只手，手心里有一个字——‘美’！”

当时老师就明白了，一定是当初那个叫林小菲的女生发来的，第五个字，美。老师您好美！隔了十多年，答案终于揭晓了。

“那是第一次，也是唯一一次，有人说我美。”

老师笑了。其实，我们早就觉得她很美。

黄瓜架下的谎言

夏夜的院子里，古老的树下，或者凉爽的井台旁，一群小孩子的眼睛里映着星光，透过看不见的风，透过弥漫的夜色，仰望着迷蒙的银河。在那个百听不厌的神话故事里，寻找隔河相对的那两颗星星。

特别是对于七夕的情节，小孩子们更是神往。说喜鹊都看不见了，去天上搭桥了。说那个静静的夜里，在葡萄架下，可以听见牛郎织女的悄悄话。可能很多人的童年都曾有过那样的渴盼吧？也都曾为这个美好的传说而动心痴迷吧？

那时候的我们，在夏夜里仰望那星河璀璨，然后盼着秋天的到来。一年年地听着那个故事，故事总是渐渐地变换着条件。我们这里并没有葡萄架，大人便说黄瓜架或者豆角架都可以。喜鹊平时就见得少，大人便在喜鹊之外，把燕子也加了进去。每到七月初七，燕子并没有飞走，晚上，有的孩子还爬到檐下，把手伸进燕巢，想看看它们到底在不在。

曾经的我，是多么想听听牛郎织女到底在说些什么悄悄话啊！很小的时候，我就曾在七夕的晚上，在黄瓜架下躲了许久，却是一片阒然。于是失望地回到屋里，姐姐们告诉我，得是夜里十二点才可以听到，仿佛她们都曾听过一般。只是还没等到十二点，我便已沉入梦中，梦里朦胧间还是画中的那两个神仙，在鹊桥上执手相看。

然后又是一年若有若无的期待，特别是夏天的夜里，银河迢迢，便总会勾起心底的好奇。终于又到七夕，却被一场不停歇的雨淋湿了心情。想着阴云阻隔，银河遁形，天上的细语也难传到人间，心里便也黯黯地满是失落。

想想当年的小小儿童，竟然对这个传说深信不疑，也许那时候还小，对美好的一切都有着向往。有两三年的时间，与七夕的夜总是阴差阳错地失之交臂。当小小儿童长成小小少年，心底依然有着期盼，依然相信会听见天上的话语。而如今，却常常忘了今夕何夕，银河，双星，神话，那么遥远，遥远得和纯真的年代一般，淡出了生命。

有一个很深很深的夜里，终于要接近零点了，我躺在黄瓜架下的垄沟里，隔着有些半枯的枝枝蔓蔓，看银河在眼中迷茫如雾。半个月亮爬上西面远远的天边，月光和星光极浅极淡地溜下来，微微点亮着双眸。想着时间差不多了，便闭上眼睛，凝神静气，静得可以听见一缕极细的风问候一片沉默的叶，可以听见村外小河的流水声，只是，没有从天而降的声音。再仔细听，却是蚊子的浅吟低唱。

当我被蚊子骚扰得快要忍不住时，忽然听到一声女人的轻笑，立刻兴奋得一颗心要跳出来。只是，马上这轻笑变成大笑，而且就近在身畔，张开眼，姐姐们在旁边笑得直不起腰。我懊恼地爬出来，指责她们捣乱，害得我没听到牛郎织女的悄悄话。可是，姐姐们却说，本来就很少有人听到。我问为什么，她们说，你忘了故事里还有个条件呢！

忽然想起，故事中说，要从没说过谎的小孩才可以听到牛郎织女的声音。仔细回想，我怎么可能没说过谎呢？便非常痛恨自己从前说过的那些谎话，让自己错失了聆听天语的机会。站在银河底下，有着很沉重的失落。再看那两颗亮亮的星，便觉得更遥远了。

不过也没有失落多久，因为终于知道，村里所有的孩子都没听见过，大家都说过谎。等我知道这个美好的故事也不过是一个美丽的谎言的时候，童年就结束了。在历经了世事的风尘之后，一年也不会有几次静看夜空，回忆远如神话，单纯的快乐和朴素的梦想恍若隔世。曾经落进我眼中的那两颗星星，依然一年一年地在银河两岸对望，就像我失落了的那些永不再来的纯真，看得见，却再也感受不到那分憧憬。

可是，我多么喜欢那样的谎言啊，我多想一直是那个守在七夕黄瓜架下的小小男孩，满天的星光照亮满心的希望。风儿都沉默了，叶儿都睡着了，只有我的梦伴着我，静静地聆听。

影暖留痕

//

有些影子，在心上留下痕迹，就像一团永不熄灭的火，永远散发着温暖的感动。

在我还是少年的时候，有一个场景一直记在心里。村里有个男人，在农田里干活休息的时候，他都会站在母亲的身后，挡着太阳。那时他们一家子都要下田里干活，原始的耕作，繁重的农务，其实每一户都是如此，只要能干的，都要去干。母亲坐在地头，没有树荫，他便站成一棵树，影子覆盖在母亲的白发上。有太阳的每一天都是如此，他就站在母亲身后，用草帽给母亲扇着风，母亲坐在那里，白发在轻轻摇曳。

那样朴素的年代，那样朴实的情感，太阳在上，并不高大的影子却凝重如山，也在我成长的心里刻下了不灭的印痕。

初中时家搬到了县城，班上有个女生，很沉默，极少与别人交往。即使每天下晚自习，天已经那么黑，她也是独来独往，并不像我们成群结队或者有家长接送。大约过了一年多的时间，她忽然就转变了，开始融入我们，开始笑，开始让青春和友谊同行。她从不说改变的缘由，直到多年以后，我们早已天各一方，才在她的博客中看到答案。她从小就失去了母亲，和父亲相依为命。而父亲对她极为严厉，早早地锻炼着她自立的能力。她起初不解，抱怨，甚至仇恨，极为羡慕那些放学就有父亲来接的同学。

有时候，她会想，父亲即使不能来接自己，要是在口常生活中多给自己些安慰，她也不会如此耿耿于怀。事情发生在一个雪还未融尽的初春之夜，下了晚自习的她急匆匆往家走，天上的月照着地上的雪，并没有黑暗的笼罩，可是她的心里还是充满恐惧，而且她能听到身后不远处传来轻微的脚步声，几次回头都没有人影。转过一个巷角，她再次回头，却见在月光的斜斜照射之下，一个影子从转角外面投射到这边的地上。看着拄着拐杖的影子，她的泪水喷涌而出。她写道："父亲温暖的影子，一下子就融化了我心里所有的坚冰。"

高中的时候，暗恋班上一个女生，纯澈的岁月里，那一种心情也是悄悄地盛开。她坐在我的侧后方，有时候总想转头去看她，就像只要看上一眼，便能静下心来听讲学习。我的文具盒盖上，有一面小小的圆镜，我把文具盒半开，调整角度，便能看到她的一面侧影。不知多少个日子，我就是在那个侧影的陪伴下度过的。那面小小的镜子，仿佛我青春里的一扇窗口，让我看见一个美好的影子，鼓励我前行。直到高考结束，我也没有同那个女生说上一句话。

许多时光流走，我甚至已经淡忘了那个女生的容颜与名字，却依然清晰地记得那个镜中的侧影，它给了我青春岁月里太多的安慰与憧憬。

上了大学以后，由于种种原因，有一段时间心情很不平静。那时候，我便会拿上一本从图书馆借来的书，坐在宿舍后面的台阶上看。多是黄昏时分，我看几页书，便抬头看对面不远处那棵树，枝叶摇曳，有时夕阳会把它的影子送到我的脚下。

于是心也跟着轻轻颤动，书中的情节仿佛氤氲开来，一时宠辱皆忘。就这样形成了习惯，只要不是十分寒冷的时候，我都会在傍晚坐在那台阶上看书。间或看着那棵树的影子渐渐地变长，变淡，就像它的花儿谢落，满树叶片青青。在那样的时候，它的影子伴着我，仿佛时光里的涟漪，直入心灵的感动。

依然记得那树影，已成为我大学生活最难忘的情景之一。多年以后，忽然在我们学校的网站论坛上，看到一些校友回忆过去的校园生活。有个人在问，你们记得吗？在宿舍的后面，每天的傍晚，台阶上总会坐着个男生在看书，几乎每天都是如此。下面许多人回答，都说有这回事。一个女生说，当然记得，我每天都要看那个身影很久，就像一幅温暖的剪影，给了我太多的感动，许多年来一直不曾忘掉。

心里奔流着温暖的河，原来，在岁月中，我也曾成为温暖别人眼睛的影子。那分暖多年后重回我的心底，让我的生命在这苍凉的世事中，永远保持着春天的温度。

走进一片雪花的温暖

越是寒冷的天气，雪落得越勤。就如一生最寒冷的际遇中，总会凝结出一些直入人心的美好。其实冬天并不能将一切冻结，比如那些流淌的风，比如那些充满希望的心，都在冰封雪盖中生机盎然。

喜欢飘雪的日子，喜欢走进那一片苍茫的白色中，身前身后都是舞动的精灵。女儿学校的门前，有一个卖冰糖葫芦的中年女人，在她的三轮车上，一根横着的圆木靶上，插满了红红的冰糖葫芦。她穿着一件绿色的旧军大衣，头上裹一条蓝色的头巾，脸上洋溢着暖暖的笑。学生们都愿意买她的冰糖葫芦，我问女儿为什么，她说喜欢阿姨的笑。

后来知道这个中年女子身世很是悲惨，不说她那些种种艰难的经历，只是在如此寒冷的风中雪里，她的脸上能露出那么灿烂的笑，就足以让人心生敬意。

有一个雪天，路滑，放学时间，车流如织，虽然车开得缓慢，还是有许多学生在路上横跑。那中年女人冲过去，抱起一个滑倒在马路中央的孩子，自己却被车剐了一下，倒在地上。雪依旧纷纷扬扬地下着，而她身后的那些冰糖葫芦，像一串串红红的火。

记起几年前的一个雪夜，我们的车抛锚在一段土路上，车上的几个人冻得直哆嗦。透过茫茫夜色，依稀看见前方有隐约的灯光。我们便下车往灯光方向走，走了近二十分钟，我们的双脚已冻得麻木，雪花纷纷扑打在没有知觉的脸上。那是一个小小的村子，我们犹豫着敲开了村头一户亮着灯的人家的门，说明了情况，那个憨厚的年轻人立刻跑出了门，而老大爷和老大娘开始抱柴禾烧火。我们坐在热乎乎的炕上暖了一会儿，就见年轻人已带了七八个小伙子回来。于是我们坐上一辆农用拖拉机到了土路上，大伙儿帮着用绳索把车拴在拖拉机上，就这样把车拖到了村里。

至今还记得那个雪夜，坐在滚热的炕头，望着外面朦胧的飞雪，心里充满了温暖。特别是那些乡亲们的笑脸，让人心里热乎乎的。

越是严寒的时候，越能体会到温暖的可贵。其实只要心里温暖了，便会感觉到那每一片雪花，都蕴含着让我们怡然的情愫。在飞舞的雪花中，那红红的冰糖葫芦，那雪夜中隐约的灯光，就那样一下子击中我心底最柔软的角落。

去年冬末，和几个朋友去山上赏雪，在一个山谷里，看到了让人震惊的一幕。只见高高的悬崖顶上，已堆积了很厚的雪，如墙耸立。忽然，那雪轰然而下，如瀑布纵贯，惊天动地。约一分钟后，积雪倾尽，我们却依然沉浸在那一泻千里的气势里。是的，所有雪花的积累，竟会爆发出如此的辉煌，蕴含着如此磅礴的力量！而这种积累的力量，充满无限希望。面对飞雪的瀑布，心中似也燃起熊熊的火焰，激情满怀。

常听有人说，万千的雪花构成了冬季的寒，那是因为没有真正走进雪花。我更愿意相信，每一片雪花都是冬季里那些不甘寒冷寂寞的心绪，都是那些充满温暖和希望的心灵在飘飞。

第二辑

独处——一朵花落在肩上

花儿谢了，明年依然会开，它们永远不会丧失开花的心。而我们生命中那些逝去的美好，也定会如那些遥远的花儿般，次第绽放，一一重来！

一墙夕阳

住在城市边缘那个小小的平房的时候，我正读高中，当时离开故乡的村庄已经两年多了。每天傍晚，我都会倚在窗前，看着东边那堵院墙。也不知那里有什么吸引着我，就是喜欢把目光随同晚霞一起在上面涂抹。

那是一堵一人多高的红砖墙，长年风吹雨淋日晒，颜色黯淡，表面也因腐蚀而凹凸不平。那些砖缝所构成的网格还很清晰，墙角下生着一丛青草。因为南面是更高的一面墙，它就生长在两墙相交的地方。也只有在每天的黄昏时分，它才会接收到短暂的阳光，可它却生长得很快，昨天看它还只有三层砖那么高，今天看，却已经超过了四层砖。

夕阳再低些的时候，院子中间小花圃里那些花的影子就被投到了墙上。花影在墙上被放大，它们并不静止，而是在微微地摇曳，有时会大幅度地摆动。由此便知道有风来了，常常看着看着就会有一种错觉，不知是风吹动了庭花还是吹动了斜阳，让一墙花影那么生动地起舞。

我想起《坛经》里六祖慧能说：“非风动，非幡动，仁者心动。”对于禅境，我是望尘莫及。只是看着眼前的情景，如果不是斜阳动，不是花动，那么，墙上的影子怎么会动？所以，最有可能的，就是我心动了。

其实那个时候，我的心情一直不怎么好，心境也是一片灰暗，却在夕阳下，在与一堵墙的对视中，有了心动的感觉。或许，这就是我喜欢在黄昏坐在窗前的原因吧。每天都是静静地看着，直到夕阳沉没，直到花影隐去，直到夜色临窗，心也平静下来，便开了灯，开始看书写作业。那许多日子，我就是用这样的方法，努力学习着。

高考前三个月，我忽然生了病，偏头痛，痛到一碰发丝都会受不了，痛到一走路都会震得要晕过去，躺在床上，头不敢动，一动就痛得要命。大医院，小诊所，老中医，西医，都看遍了，针灸，按摩，吊瓶，甚至各种偏方土方，在我身上都不见效。那段时光非常难熬，复习的进度也被迫停下，每天或躺着，或坐着，整个人呆呆地。只是每到傍晚，依然会看那堵涂满了斜阳的砖墙，却再难心动，仿佛所有的心思都沉入永夜。

到了高考的时候，总算勉强好了一些，只是三个月的荒废，再加上精神体力的不支，结果可想而知。那个秋天，独对一墙夕阳，虽然花影正繁盛，却总觉得秋风凄凉，沧桑已至。准备再过一段时间就去学校的补习班复读，想着昔日同窗都已徜徉在大学校园，便有命运弄人之慨。又觉心中黯黯、前路茫茫，人生第一次感受到了失意。

那个黄昏，我依旧呆坐，忽然两只麻雀飞来，落在墙头，身披晚霞，如两朵灵动的花。比之墙上斑驳的花影，另有一种魅力，沉静沉闷的心，便忽然动了一下。多长时间不曾有过这样的心动了？仿佛很久很久了，坐在那儿，便微微地有了感动。可是就在这个时候，一个弹丸飞来，它们都迅速飞了起来，其中一只似乎被击中，飞得很不平稳，一条腿没有收回去，无力地垂着。两个孩子拿着弹弓跑过来，还对着空中乱射，我走出门喊了一声，他们才跑了。

两只麻雀并没有飞远，受伤的那只在低空摇摇晃晃地徘徊，最后它们又落回墙头。受伤的那只落得很不稳，几乎站立不住，就趴在墙头上。我挺着急，却又不知如何是好。忽然另一只冲天而起，原来那两个孩子又在墙外远远地走过来。飞起来的麻雀在低空焦急地回旋，墙头上那只用力扑扇翅膀，却飞不起来。然后它似乎更急了，用力向前挺动身子，便从墙头摔下，我吓了一跳，却见摔到一半的时候，它使劲儿扇动翅膀，终于在快落地前飞了起来，而且越飞越高，随着先前那一只飞向了天空。

满墙夕阳花影还在轻摇着，我的心也在轻摇着一种美好。有时候，就像那只受伤的麻雀一样，跌落或许就是飞翔的开始。夕阳落下有群星，群星熄灭有清晨，世间的事总有着奇妙的接续和转折。

重新坐回窗前，心里充满了蓬勃的力量，砖墙，夕阳，花影，在眼中正温暖成无边无际的希望。

一朵花落在肩上

//

那条细细弯弯的临河小路上，铺满了朝阳，微微的风在身前身后徘徊。很慢很慢地走着，仿佛听见身旁那些树的低声挽留。河里传来轻微的一声响动，似乎是耐不住寂寞的某条鱼，被长风的弦、阳光的钩给钓了出来，又挣脱而去。

转头去看，水面只余笑纹，却瞥见肩上端然坐着一朵落花。我停下脚步，那朵花安静地坐着，旁边的树上花开正盛，这一朵落花却告诉了我春天将尽的消息。它是怎样从树上，从众多的花朵中，翩然而下，趁着风在远处溜号，悄然栖在我的肩上的呢？忽然觉得，小小的花朵竟是如此沉重，仿佛把一个春天，不，是曾经的所有春天，都压在我的肩上，带着芬芳和温暖的重量。

看向西南的方向，目光仿佛穿越了小兴安岭层层叠叠的山水，穿越了广袤的大平原，与三十多年前的那个小小少年相遇。那也是一个春日的早晨，母亲从南园里干活回来，带着一身新鲜菜蔬的清香，我看见母亲的肩上有一朵落花，很细小洁白的花瓣，心下欣喜，樱桃树的花儿谢了，就快要结出果实了，夏天的时候，一树红润的樱桃是我们最大的渴望。所以，看见落花，我是那么高兴，从不知春归何处，亦不去想；从不对飞花而叹，亦不去伤。就是这样被渴望牵引着，走过了一年又一年，从没有时光流逝的悲惋。

只是，现在回想，母亲肩上那朵花儿的模样已模糊如云影，母亲年轻的肩和挺拔的腰身却如在眼前。不敢去对比，岁月的重量每个人都承受不住。当奔跑的年龄涉过成长的山水，每想起故乡南园中的那棵樱桃树，眉眼含笑地开满花的样子，虽然已历半世风尘，却依然觉得山河岁月旖旎多情。

那个早晨，我的肩上栖着一朵落花，站在那里，想起了很多，却一直没想起来自己原本要去哪里，要做什么。回过神的时候，那朵花已不在了，可能被哪一丝风牵走，奔向了另一个未知。回想起来，曾经的许多热爱，都那么短暂，就像一朵落花，前一刻还芬芳着，下一刻便不知去向。可是，它留在我肩上的余香却那么悠长。

曾经热爱的，能记得的，历数起来，就像细数流光中的落花，数着数着，虽然花儿早已消失，香气却依然氤氲。中学时候痴迷于写诗，和很多同学一起，深深浅浅，短短长长，满纸的不识愁滋味，一直以为会是一生的热爱，却随着花季雨季的流散而消逝。还有，书法，绘画，武术，也都是如此。及至后来的围棋，针灸，易经等等，生生灭灭，热热烈烈地来，冷冷清清地走。

如今想起，那么多的热爱，随着轻飘飘的旧时光，轻飘飘地落在我的心上，如落在肩上的花朵，有着只自知的重量。那时最最流连的，是象棋，虽然几岁时就会下象棋，那也只是游戏而已。从没想过，有一天象棋会走进我心里那么深那么远的地方。每天在公园深处，一株很老很老的树下，好几个棋局排开，每一局棋前，两人对弈，十多人围观。我从围观到上场，到沉迷，似乎是很短暂的一个过程。夜里，照着书上的名家对局打谱，浑然不觉夜半，不觉天明。连睡梦里都是横车跃马，楚河汉界分明。其实那一段时光并不长，只是从夏天到秋天，短短两个季节，我却以为会连起长长的一生。

多年以后的某个夏日，在他乡的公园里，看到树荫下一群下棋的人，听到落子之声，便敲醒了久远的光阴。起初的时候，想起那些半途而废的理想，那些忽然醒来的梦，无限感慨嗟叹，想着如果重来，宁愿走到脚烂鞋穿也不停步，宁愿在长夜的怀里永不醒来。后来，就真的醒了，那些热爱过的，就像一朵花的飘落，枝头并不会空，却总会有一种美好延续着另一种美好。

就像刚刚肩上被风携走的那朵花，我觉得它依然还在。四顾之间，依然层山叠水，依然乡关遥远，像年华那么远。可是我的华年里，没有一弦一柱的华美，有的只是朴素的眷恋，如今回望却也如沧海月明。可见不管怎样的世事，在时光的浪潮里，都会变得温润而美好。一朵飘落在季节里的花，遇见了我的肩膀，那是怎样的一种注定？是不是就如我的那些热爱，枯萎后遇见了多年后的我的心？

二十多岁的某一年，忽然心血来潮，想用旧邮票组合贴成一幅画。所有的邮票都是我从小到大收集起来的，并不是为了集邮，而是觉得好看，家里来信我就把邮票小心地揭下来。费了很长时间，把邮票归类，按形状或者颜色。挑挑拣拣之间，觉得好像是在把童年和少年的时光归类，又像是在检阅一段岁月。弄了很多天，终于还是没有成功。就像无法把青春重新来过一般，我竟拼不出心中的画面。所以放弃了，很遗憾，想想，我的那些中途而止的爱好，都有始无终。

现在，我依然会有很多事做着做着就停了，就像我走在开花的树下，总会有一朵花落在我的肩上。所以，那些做过的事，热爱过的种种，也总会在某一天，翩然落在我的心上，留下一个暖暖的印痕。

我依然那样慢慢地走着，并不转头去看，如果真的再有花朵落在我的肩上，我会感觉得到。

在夜里醒着的人

当夜色隐没了白日里的一切，那些有形的事物渐渐淡去，那些无形的便一一清晰起来，比如一些回忆，一些思绪，或者一些被白天的琐碎所湮没的眷恋。在夜里如同星月般醒着的人，徘徊在梦外的脚步，总能遇见直入心灵的温暖。

我很怀念那些走夜路的经历，特别是在那些有月亮的晚上。少年时的一个冬夜，从一个村子回到自己家所在的村子，大地上覆盖着一层厚厚的雪，月亮高高，月光唤醒雪光，一片明亮，似乎没有了路，又似乎到处都是路。天很冷，可是却满心清爽，踩着雪慢慢地走，身后长长的一串足迹伴着我，头顶圆圆的月亮伴着我。多喜欢那样的夜，一个人走着，明月照雪，心也如雪如月一般澄净。

那么多次行走在夜路上，只有在回家的时候，心情最为轻快。不是过客，而是归人，一步步地接近那个温暖的所在，心里满溢着期盼。依然是少年时，有一天夜里，从村南的大草甸深处回家。那一夜没有月亮，只有满天的繁星，初秋的风吹过高高的草叶，蛙声如潮水起伏。我努力辨认着脚下那条极细的路，偶尔会遇见小小的池塘，虽然这么黑的夜，它依然亮着幽幽的光。我的村庄就在北面，也亮着许多的灯火。一种温暖的牵引，让无边的夜都充满了温柔的眷恋。

行走在路上，与在舟车之中的感受又不相同。公路上颠簸的长途汽车如游在夜色里的鱼，而醒着的乘客便会忆起乡梦。长长的列车穿过黑夜，总有一些眼睛望着窗外的沉沉夜色，总有一盏路过的灯火点亮所有的旧梦。或者客船在浪花里轻摇，多少人的乡情如水，在这样的夜里长绵不绝。

沧桑的二十年后，在一个遥远的城市工作。倒班，下零点班的时候，夜正深浓，在长长的风里，我往家走。有一颗很大很亮的星镶在东边的天上，我总是凝望着它。短短几分钟的路，便把之前所有的喧嚣、烦乱和疲惫丢尽，看着自家所在的那栋楼，我家的窗口还亮着灯，心里便被幸福盈满。

有夜归的人，便有在灯下等候的人。那种等候的心情，比回家的心情更为复杂一些。等候的时候，除了期盼、憧憬，还有着一些担心、牵挂。不知道你有没有过静静地等候一个人的时候，或亲人，或爱人。在深深的夜里、在孤独的灯下，心里计算着时间，想象着那个人走到了哪里，想象着那个人进门后，第一句话会对你说什么，这一切在心里缠绕着，编织成了比梦更美好的情节。

夜里总会有无眠的人，当初我在上后夜班的时候，经常会站在室外楼梯的平台顶上，看着楼群在黑暗中矗立，我知道，此刻人们正香梦沉酣。如果偶有亮着的窗口，便会猜想窗内的人在做什么。如我们上夜班的，属于工作需要，不由得自己选择。而那些窗内的无眠之人，又是因为什么呢？

忽忆起上高中的时候，每天夜里都学习到深夜，每天学习完了，向对面的楼房看上一眼，有几个窗口的灯光依然亮着，几乎每夜都是如此。有时能隐约看见窗内也有如我一般大的少年在伏案学习，心里就会涌起一种很亲切的感觉。我想，在奋斗的青春中，那几窗灯火，对于我们这几个窗内的无眠之人，都是一种无言的相伴。

后来，我辞去了电厂的工作，可依然很晚才睡。每个夜里，面对着电脑，敲击键盘的声音成了我生命中唯一的天籁。心沉浸在自己用文字构筑的世界里，随着那些情节而悲欢起伏。有时候，我会看书到很晚，一人一灯一书，便是我的夜。在别人的故事里穿行，总是会忘了时间，有时候甚至看书看到霞光映窗，才恍然而觉。写字，看书，是我无眠的夜里最真实的梦。

我也曾有过失眠的时候，并不是不想入梦，而是头脑中充斥着纷乱的思绪，或者由于情绪的变化，或者因为身体的原因，总是不能睡着。有时候是真的不困，却又无事可做，睡意如暗夜里的猫，越想抓住它，它就跑得越远。而有的时候，明明非常困，可就是睡不着，那是另一种难受了。总之，在所有的无眠之中，失眠，是最痛苦的。当然，除了那些幸福的失眠。

我喜欢做一个在夜里醒着的人，或许是为了梦想，或许更是为了寻求一分心灵的充实和平静，倦了再眠，迎接我的，就是一个很温暖很明媚的早晨。

一枕乡音梦里听

离得越远，越容易听见乡音。因为在更遥远处，故乡的地域被扩大，乡音也成为一地之音。若在国外，可能闻汉语而动乡情。其实，如果细究到每一个村子，语言都有着些许差别，生于斯长于斯，感触细微。比如在同省，听到同一城，或者同一镇的声音，都会有着难以抑制的激动。

而在我家乡的小村子，语言没有什么特殊的音调变化，也没有什么特殊的发音，基本属于普通话，只是有一些词语或者句子，外人难以弄懂其中意思，这或许是东北话的普遍特征。当将乡音细化到村，更因为同饮一井水的那种情感，使得他们的话语也亲切入心。

当时村里有一个孩子，说话极让我们讨厌，倒不是他说了什么难听的话，而是他说话时的嗓音和动作。他的声音很尖细，却又不似女孩声，听起来很不舒服，而且每每说话必手舞足蹈，因此大家都远远躲着他。直到长成少年，他说话依然如此。当搬离那个村子时，我竟很庆幸可以不再见到他，不再听到他的声音。

多年以后，当我在几千里外的异地他乡，回想起故乡的种种，也从没有那个孩子的影子出现。一个夏天的午后，我正躺在宿舍的床上看书，当年的那个男孩忽然找了来，虽然十多年不见，已经面目全非，可是他一开口，我便认出了他。声音依然很尖细，依然手舞足蹈，可是，这曾经讨厌的一切，此刻，在陌生的土地上，竟差点逼出我的泪水来。

原来，曾经的一切，在经过思念的累积之后，都会变得美好，哪怕是曾经讨厌的声音，也是游子心中的天籁。

当年的邻家老奶奶，白发苍苍，一肚子的传说故事。每天晚上，我们都会聚集到邻家，听她讲故事。她盘坐在炕头上，那略带山东口音的故事便一一流淌出来，每一天都不重样。我们听得上瘾，虽然害怕那些鬼神之事，却欲罢不能。后来，那个老奶奶去世，也带走了她一肚子的故事。离开故乡后，总是想起那个黑黑的屋子，想起昏暗的烛光，想起那张满是皱纹的脸，想起那略带山东口音的故事，才觉故乡遥远，而飘荡在记忆中的声音，却比故乡更远。

一个冬天的夜，窗外是无边无际的寒冷，拥被而眠，竟是梦见了当年的情景，梦里，邻家老奶奶清晰的声音，穿过沉沉的梦境，化作醒来时的一枕清泪。有些乡音，真的只能在梦里重闻，梦，是比故乡更遥远的地方。

那时，村里有个傻子，每日里站在村口，嘴里发出哇啦哇啦的声音，他只会发出这一种声音，谁也听不懂他要表达些什么。那一年在外历尽风尘重返故乡，一进村口，便听见他独特的声音，莫名的亲切感一下子便穿透了风霜覆盖的心，几乎让人落泪。只要是故乡的声音，只要是乡亲的声音，不管那是怎样的声音，总能抵达我们心底最柔软的角落。

可是，离乡日久，许许多多的乡亲，再也见不到了，大都星散在外，而故乡也正一日日变得陌生，心中的故乡渐渐远去。我们越走越远，回去的时间越来越少，熟悉的乡音，也只能偶尔在旧梦中响起。或许，我们一辈子不曾改变的口音，就是故乡给我们留下的印迹，一直相伴，一如心中的故乡。

远去如花 //

曾经有很长的一段日子，一直慨叹自己生命中的那些幸福过快乐过的往事都已逝去无踪，汹涌奔向眼前心底的，似乎都是不被预料的挫折和坎坷。就仿佛人生一下子进入了漫漫长冬，春暖花开成了遥不可及的梦里风景。

想起春暖花开，便想起那一年在一个偏远的山村小学当代课教师时，班上一个叫李叶叶的女生。那是一个贫穷落后的地方，甚至连电都不通。每一家都是破败的石头房、斑驳腐朽的木板围墙和院门。正值夏天，我去李叶叶家家访，一进院子，立刻被一片花的世界包围。满院的花儿，在风中轻吐着缕缕芬芳，一时间，我愣在那里。之前也曾走访过许多学生，几乎每一家院里都是凌乱至极，不是堆着木头就是石头，像眼前这一片炫目的灿烂，让我有一种很不真实的感觉。

李叶叶的母亲告诉我，那些花都是李叶叶栽种的，而且她每天都去井边提水浇灌，已经三年了。十三岁的李叶叶对我说："我不喜欢院子里那么脏那么乱，虽然我们每家都很穷，可是种些花也不用花钱，就是多去提几趟水，那又能累到哪儿去！老师你看，这一院子的花，出来进去的，看着心里也舒坦！"

第一次，在这个贫困的山村，我看到了一种美好的希望。之前，看着每一家的萧条，看着每一张脸上的麻木，心里就泛着无由的沉重，似乎只有在那些学生的脸上，才能看到一种生机，却也是担心以后他们会像父辈一样在这贫穷的风霜里沧桑了笑容。

还有一年，客居在沈阳。那时刚刚大学毕业不久，在这个城市里艰难地为梦想而奔波劳碌。住在城市边缘的一个破旧的二楼里，每天要穿越大半个城市去上班，基本两头不见太阳。就这样一天又一天，直至世事的风霜让心中的梦想蒙尘。

一个周日，起得晚，推开窗，很好的阳光，六月的空气带来城市外的清新。蓦然间，便闻到了一股淡淡的清香，四下张望，只见对面的平房里，一个女人正往窗台上摆花盆，花盆里绽放着几朵小小的淡黄色的花。这一刻，向来对花卉不感兴趣的我，忽然间便仔细端详起那盆花来。植株极矮，花朵也小，一种很浅淡的香，似乎随时都会消散于空气之中，只有在心平气和的时候才能嗅到。虽然我根本不认识那盆花，但在那个上午，却被它长久地吸引了目光。

终于，午后去向那个女人请教，那是一个坐着轮椅的残疾人，我知道，她在附近的一所郊区中学当老师，很坚强也很乐观的一个人。她告诉了我花的名字，但是现在已经记不起了，只记得是一个很普通的名字。而且这花生命力极顽强，长久不浇水也不会枯萎，冬天的时候也冻不死，天暖了会自然长出新的枝叶，然后开花。她说："我很喜欢这盆花，它陪伴我好多年了，也许，我是需要它的那种顽强精神来鼓舞自己吧！"

是啊，这样的花儿，和她的确很像。花儿只要有阳光空气甚至极少的水就能存活下来并绽放，而这个残疾女人，亦是如此，只要心中有希望，不管遭遇怎样的艰难，都会对生活露出最真诚的笑容。

在一个很深的夜里，想起了那些远去如花的幸福和欢乐，也想起了与花相关的几个人，心里便轻松了许多。生活也许并非如我想象般艰辛，或许只是我的心里已经太久没有拭去那些梦想上的尘埃。而且，在那个夜里，很巧的，上网，竟看到了当年的李叶叶在大学里发来的邮件，她说："老师，还记得我当年种的那些花吗？今年又开放了，现在是我妹妹在照看它们！我的家乡已经变样了，再不像当年那样贫穷，而且，每家的院子里都有花儿在开放……"

是的是的，那些花儿谢了，明年依然会开，它们永远不会丧失开花的心。而我们生命中那些逝去的美好，也定会如那些遥远的花儿般，次第绽放，一一重来！

你是世间最暖的书

那时爷爷有满肚子的故事。我也曾一度以为爷爷一定看过许多许多书，要不怎么一开口都是那些让我们流连的传说掌故？

最喜欢夏日的夜晚，一家人都坐在院里的老榆树下，微凉的风从每一片叶子上滑落，爷爷的烟袋便点燃了满天的星光。通常是我们一群小孩子叽叽喳喳一番之后，爷爷也已满足地吸了一袋烟，把烟袋锅在鞋底上轻轻地磕，然后再塞满烟丝。这个时候，我们就都安静下来，知道爷爷又要开始讲故事了。

暖暖的夜，亮亮的星，还有围绕着爷爷的我们，苍老的声音带着奇异的力量，回荡在院落里，也回荡在我们心间。于是，那么多古老的故事，在我们心里生了根。我们沉浸其中，或惊讶，或迷茫，或惊恐，似乎每一种感受，都让我们眷恋，一如眷恋着那个温暖的身影。

多年以后，每次回望，心中都会浮现一幅遥远的画面。低矮的草房，茂盛的榆树，满天星月，树下长长胡子的老人，几个神情专注的孩子。那样的情景就镌在心上，任再长的岁月也湮没不了。

在白天，疯玩够了的我们，也会跑到田地里去，提着水罐，等待爷爷休息。太阳明晃晃地挂在头顶，爷爷终于从田间走出来，坐在地头的树荫下，衔着烟袋，不停地用草帽扇着风。我们聚拢过来，一面将凉凉的井水递上，一面等着爷爷讲故事。爷爷看着无边的田地，片刻间便能讲出一个神奇的传说。他心里的故事，就像这些大地上的庄稼，不知生长了多少茬。

上学以后，我们才知道，爷爷其实是不识字的，那时每条麻袋上他写上的名字，也都是练了无数遍才练会的。我们问，他的故事都是从哪里来的，他告诉我们，也都是听别人讲过的，听他的爸爸、他的爷爷讲的。原来，那许多故事，都是这样一辈辈流传下来的，就像那些庄稼，一茬茬地生长，从不断绝。

后来喜欢上了看书，有时会在书中与爷爷讲过的故事相遇。虽然爷爷讲的并没有书中的具体，可是，总觉得书中的故事少了一种味道，似乎少了那种氛围，少了那声音里的温度。当年，那些围着爷爷听故事的兄弟姐妹，也都喜欢上了读书，我知道，那是受了爷爷的影响。

渐渐长大的我们，有时也会相约着跑去爷爷那里，听他讲故事。爷爷的故事也有重复的，可是我们依然听得那么投入，如旧的星光月色，如故的人儿，我们倾听着的，其实是一种怀念，是一种流逝时光深处的温暖。爷爷讲完，便会让我们也讲，于是，我们便讲着各自听到的新奇故事，在爷爷明灭不定的烟袋火光中，爷爷的神情就如我们当年一般专注。

十六岁那年，爷爷去世。而彼时，我们已搬进城里两年了，爷爷依然留在乡下。有多长时间没有过那样的夜晚了，有多长时间没有听爷爷讲故事了。而如今，爷爷坟上的草已经黄绿了二十四次，每次回去，我都要在爷爷的坟前待上一会儿，一如当年坐在爷爷身旁，被他的故事萦绕。

这许多年，读过太多的书，包括当年从爷爷那里听来的各种评书野史，每次相逢，无不重叠着过去的点滴。其实，爷爷才是我一生中读到的最早的书，也是最温暖的书。他给了我想象的空间，给了我无尽的希望，为我开启了一扇美好的门，让我在以后的岁月里，与书相伴，心里的梦想生生不息。

去年驾车回乡下，傍晚，云霞满天，驶过一个村子，看到在一个院子里，一棵老树下，一个老人正给几个孩子讲故事。那一瞬间，在夕阳里，在车窗后，我的眼睛竟不由自主地湿润了。

追赶星辰的人 //

曾经在一个很深很深的夜里，独自走在旷野上，身后，仿佛是生命中的无尽废墟，而眼前，只有黑暗，以及黑暗中亮着的星。

那不是少年时，虽然少年时也曾在深夜里独行，却是满心的清澈与憧憬。而当我走在那个夜里，一直走，心里是沉重中带着希望，如那颗遥远星辰的微芒。回头看，小小的城市已湮没于夜色之中，有一角灯火通明，那是我的来处，电厂——一个我并不喜欢的环境。

其实回想起来，可能大多数人都是在并不喜欢的境遇中一路走着，一路走来。大学时我选择了不喜欢的专业，毕业后选择了不喜欢的行业，都是无力抗拒，随波逐流。我不知道有多少人彷徨过挣扎过，可我知道有更多的人就那样在无望中一生到老。

多怕一切就像电影里的台词般，先是痛恨这种生活，然后是适应，最后是离不开。习惯确实是一件可怕的事。虽然环境并不可怕，甚至平淡平稳，但是习惯了那样的生活，就会渐渐麻木得失去了感知与希望。一眼可以看穿的一生，是多么不幸与悲哀！于是我经常对着镜子问自己："这是你想要的生活吗？"一遍一遍，直到问出遍体的冷汗。

那个夜里，下了零点班，走出厂区，忽然不想回家，就一直向北走出了城，四顾茫茫，虽然心底有希望如星光般微小，可是在黑暗中却是那么执着地亮着。是的，我一直有着希望，所以才能在电厂工作十二年，而没有被平淡的日子淹没。当我为自己的希望而默默地努力时，不知引来了多少人的不解与嘲讽。更多的时候我选择不在意，只在意我所在意的，而当围观者只是过客。

当我渐渐弄出一点名堂来，别人的反应里便有了新的东西，我不知是嫉妒还是什么。不知道被多少冰冷的目光撞疼了后背，偶尔也会在意，更多的时候，我是被那些目光推着向前走，走到渐远，会发现，那些目光或者早已被扯断，或者已改变了温度。

当然，很多时候无法去责怪最初的选择，我们需要承认自己的无能为力。走进一扇不喜欢的门并不可怕，可怕的是渐渐丧失了走出来的勇气。我们已错过了最初，就不要再蹉跎于过程。不知不觉已成过来人，只有用心走过的路，才会通向心底，才会通向最暖的归宿。

少年时，也是在一个晴朗的秋夜，和一个伙伴沿着呼兰河向北走，星垂平野，忽然就感到了自己的渺小，星若微尘，人亦如尘中之尘，我们谈论着遥远的未来，也感叹着我们被困囿在很小的一个范围之内，甚至一生都可能会被困囿着。当时并不知道是哪一颗星落入了我们的心底，成为一粒种子，以至于在日后那么多年的世事风尘里，任岁月变幻，都没能埋没一粒种子的信念。

当年的伙伴曾徒步走遍全国，为自己的生命拓展着经纬，虽然一直面对着白眼冷遇，而我则在文字里海阔天空。不管以怎样的方式，我们都不曾忘记那个遥远的秋夜，我们对生命被桎梏的恐惧和对自由的渴望。如果说我们是在挣扎，心里却有着蓬勃的力量，心在高处，便没有什么能困住脚步吧？

在古代，智慧的先知用三个例子来说明地球是圆的，其中一个，就是在晴朗的夜里一直向北走，一直向北走，就会发现，有无数崭新的星辰从地平线上升起。人生也是如此，只有向着一个方向不停地走，不停地走，才会遇见一个又一个美丽新世界。

我愿意做一个追赶星辰的人。而追赶星辰的人，只能在夜里前行。

脚会记得路的暖

//

路是足迹的重叠，承载着太多足底与地面的相聚分离；路也是脚步的摇篮，飘摇间将我们送上未知的归宿。

也曾回想近四十年的光阴历程，想找出走过最艰难的路是何时何境。便记起，二十多岁的时候，有一年秋天，兴之所至，去拜访一个老同学。他住在离我的城市很远的一个村子，下了车，还有二十里的土路。天已渐暗，四周都是庄稼地，路渐渐隐没在夜色中。忽然下起了雨，身上湿透，也没有行人，仿佛长路之上，只有风雨跟着我的脚步一同起落。

后来走进一大片荒甸，高高的茂草，路更是不见。便向着一个认为正确的方向走，于是踏进了一片沼泽地。雨越发大了，雷声滚滚，闪电偶尔划破夜空，转瞬即逝。只觉脚下全是泥水，有时一步迈出，便没了膝，费力将鞋从泥中拔出，接着便是下一步的深陷。

多年以后回想那个雷雨的秋夜，早没有了当初的艰难，却有着一种很暖的意境。觉得走过那样一段泥泞，却在心里留下了深深的脚印，甚至会清晰地记得，当脚深陷进沼泽里时，那些泥的柔软。一如书中所说，人生有许多事情，正如船后的波纹，总要过后才觉得美。路也是如此，不管多崎岖坎坷，走过后回望，却是翠薇苍苍，神思无限。

就像那许多艰难的日子，深一脚浅一脚地走，身处其中彷徨痛苦，过后回忆，却觉得亲切无比，仿佛是一种幸福。一颗有希望的心，会记得每一个日子的美好，不管是明媚还是黯淡；而奔走的脚步，也会记得每一条路的温暖，不管是坦途还是曲折。

忽然想起一个一面之缘的人。那是在黑龙江边与他邂逅，他从远处走过来，背着巨大的旅行背包，手里还拄着一根木棍。走近了看，竟分辨不出多大年龄，长发凌乱，长须如杂草，身上满是风尘。见我坐在岸边，他便拿出相机给我拍了张照。然后在我身边坐下，点燃我递过去的烟，便老熟人般闲聊起来。眼前这人，竟比我还小上好几岁，他热爱徒步走全国，家在辽宁，这次是他徒步走黑龙江流域，从东至西。

也许是久未与人说话的缘故，他和我竟畅谈了近两个小时，八月的阳光照着眼前的一江流水，我仿佛看到了他一路风尘，走过那许多的无人区，那许多的艰险之地。问他怎么忍受长时间的疲累，怎么看那些危机四伏的地方，特别是，怎样排遣那分难挨的寂寞，他却笑，说，如果说什么理想梦想的，太虚了，反正我就是想走，怎么说呢？如果有一段时间不出去走走，就觉得两脚都痒，就想踏上那一片片土地。

在他的心里，在他的旅途中，没有寂寞，虽然有时好多天也见不到一个人影，他却可以自己对着空荡荡的天地说话，或者在本子上记下沿途所见所想。和他告别后，看他的身影消失在大江的遥远处，却仿佛听见他的足音响在我心里。我知道，他走过那么多的路，也许那些路不会记得他的身影，可他的脚步却会一直记得每一条路的触摸。

刚大学毕业的时候，辗转不定。那时和一个人合租一所房子，那是个很开朗的小伙子，却是残疾，只有一条腿。他拄着双拐却走得极快，他也是奔走着四处找工作，虽然一再被人婉拒，却一直没有放弃希望。他这样解释自己走得快的原因：两只脚的力量，现在都用在一只脚上了，不快都不行。由于有拐杖的支撑，他的每一步都跨度极大，他就这样，曾经一步步从省城的学校，走回自己的乡下老家，走走停停，用了一周的时间。

难以想象，那么远的路，他是怎样跨越那许多的艰难，一如他在生活中，走过那许多难以想象的艰辛。可是大风吹不散笑容，他依然信心满满。我离开那个城市的时候，他也正离开，他去了一个偏远的山里小镇当老师。听说，他当初就在那里当过老师，而那条腿，也是在教室倒塌的时候，砸断的。

后来，好几年过去，他给我发邮件，说他过得很幸福。因为他一直觉得那条失去的腿在呼唤他，所以他回到了那里。他还说，他一直走得那么快，是因为那条看不见的腿一直都在向前走，他剩下的这条腿只好大步跟上。说起曾经走过的路，他很是感慨，一只脚承受得更多，也和大地接触得更有力。所以，他的足音才会更响亮。

一路的足音敲响着如歌的行板，深深浅浅的脚窝里盛满着盈盈的眷恋。想想走过的空间和时间，脚印也许早湮没在风尘里，身影也消散于时间的流逝中，可是，那些过往，总会在忆起时漾满了穿透沧桑的暖意。所以，珍视着脚下的路，珍藏着脚板与大地接触时的每一分细微的感触，就算一路坦途健步如飞，惊起的尘埃也带着细细的芬芳；哪怕荆棘遍地碎石如刃，划破了脚磨起了泡，每一滴血里也藏着梦想的温度。

所以，不管走得快与慢，不管走得顺与逆，那些路，只要我们的脚曾走过，就会温暖一方情境。那种暖，是希望的燃烧，是梦想的绽放，也是回忆的无悔，更是生命的芬芳。不管多长的路，只要珍惜过每一步的前行，那么，我们的脚就会永远记得那分暖，我们的心就会永远充盈着感动与力量。

掌心里的太阳

一

工地上砸伤了手脚，在医院里住了好几天了。那是第一次经历人生的寒冷，正在工地上当力工，每天累得半死，却丝毫麻木不了心里的疼痛。于是病床上，我就看一本带来的书，暂时用别人的故事来淡忘自己的无奈。

右手裹满了纱布，左脚不能移动，看书的时候，用什么姿势都极别扭。特别是翻书时，怎么弄都不顺畅。邻床是一个老大哥，乡下人，跌进菜窖摔伤了腿。他那九岁的女儿正放暑假陪在他身边，他妻子每天来几次，照顾他方便和送饭。小女孩脸色黑红，梳着两条麻花辫，怯怯的，似乎对什么都好奇，却又不敢说话。

有一次，我看书实在费劲，正见小女孩坐在他父亲的床上看着我，便对她说：“来，帮哥哥翻书！”她犹豫了一下，便笑着坐到我身边，拿过书捧着给我看，待我看完那两页，她便翻页。看了一会儿，她说：“哥哥，我给你读吧！我也认识好多字的！”说着她把书拿到自己眼前，清脆地读起来，遇见不认识的字，便拿过来问我。

那两天，她没事时就给我读书，我休息时，她便自己捧着书看。有时有不懂的地方，便来问我。有了她在身边，心里竟轻松了许多，仿佛她清澈的目光濯洗了我心里的黯淡。

那天中午我倦极而眠，忽被说话声惊醒，睁开眼，见邻床正在收拾东西，女孩的母亲也来了，他们要出院了。女孩看我醒来，才放下手里的书，很是不舍的样子。我把书送给了她，她高兴地亲了我一下，然后去帮妈妈收拾东西。东西收拾得差不多了，我看见她的左手紧紧地攥着，要走的时候，她不停地回头看我，我笑着和她说再见。走到门口，她忽然跑回来，拉住我的左手紧紧握了握，我手心里立刻多了一个温热的小东西。她附在我耳边说：“哥哥，要开心快乐！”她跑出门去，出门的那一瞬间，回头冲我笑。

我慢慢张开左手，一个小小的金桔躺在掌心，透窗而入的阳光，给它镀上了一层动人的光晕，就像小女孩略带羞涩的笑。小女孩从未见过金桔，昨天一个别的病人送她几个，她一个也没吃，给了爸爸妈妈，还留了一个给我。

后来我伤愈，离开工地，回学校复读，第二年考上大学。那么多年过去，即使在世事辗转中，想起那年那月的小女孩，想起那枚在我掌心散发着温暖的小小金桔，于是沧桑也充满了温情，不管怎样的际遇中，都会给我长久的温暖和感动。

二

在一阵晃动中惊醒，起初以为是地震了，不过很快想起，自己是在长途卧铺汽车上，正是深夜，汽车左右晃动，就像在起伏不平的路上，然后猛地向一边栽了过去。

那是我十三岁时的一个情景，一直刻在心上，却不只是因为那分恐惧。

那个冬天的傍晚，父母将少年的我送上长途客车，说睡一觉，天亮了就到叔叔家了。那是我第一次出远门，加之寒冷，好久才在铺上努力睡着。

车厢里的灯都暗着，大家一片慌乱，本来狭窄的过道此时全是拥挤的人。我急忙从铺上摸索着爬下来，瘦弱的身躯却被几个人影撞得站立不稳。车厢仍在倾斜，好像正跌进无尽的深渊。大家都踉跄着东倒西歪，车门也没有打开，喊叫声充斥在耳畔。而且手冻得发僵，不管扶住什么东西都觉得冰冷无比。

有一扇封闭的窗终于被砸碎了，大家都蜂拥上前。此刻，车终于侧翻在地，幸好不是深坑，我觉得好多人将我压在身下。我努力向上用力推，过了一会儿，终于感觉上面人少了，我向上伸着手，想抓住些什么站起来。正无助的时候，忽然有一只手抓住了我的手，我冰冷的手立刻感觉到真切的温暖，那温暖从另一只手的掌心传来，直蔓延到我腕上。

那只很暖的手，在黑暗中，在寒冷中，将我拉了起来，拉出车窗。外面下起了雪，救援的车辆来得很快，幸好没有受太重的伤。我除了身上疼些，倒无大碍。那只手依然温暖着，那是一个长相憨厚的大叔，依然紧握着我的手。怎么有会那么暖的手，在这样的冷天里？我在灯光下看，那只手竟然满是鲜血，还在不停地滴着！我抓起这只手，看见在他的掌心，连皮带肉不知被什么刮出了圆圆的一大块儿，血还在往外淌着！

许多年后，我掌心中依然留存着那个寒夜里的温暖。仿佛那个大叔手上那块滴血的伤，已经印在我的掌心里，如小小的太阳，总是在我失意时，在我落寞重重时，照亮心底最柔软的角落。

有那么一刻，我感到很幸福

一

爷爷病重之际，家里笼罩着一片愁云，每个人都沉浸在亲人即将离去的伤感与焦虑之中。那些日子，看着卧病在床的爷爷，心里沉重得几乎无法呼吸。后来，爷爷病情恶化，陷入昏迷状态，离别的那一天似乎已清晰可见。

后来，家里的亲人都赶回来，大家做好了所有的准备，只等着最悲伤的那一刻的到来。有一天，我们大家在爷爷的房间里闲谈，话语间颇无奈与凄凉。忽然，爷爷微弱的声音响起：“你们都来了！”大家且惊且喜，不知爷爷何时清醒过来的，都围拢过去，爷爷逐一地看着我们，脸上露出了笑容，说：“这么多年，还是第一次见到你们都在一起！”爷爷的目光温柔无比，映得我们的心也暖暖的。

爷爷还是走了，在他清醒的两天之后。他一生劳苦，好日子没过上几天，就开始在病痛中挣扎。一直以为，爷爷的生活根本谈不上幸福，直到看到那天爷爷的眼神，心中才释然，那一刻，他的目光中蕴含着无尽的欣慰与满足，看到所有的亲人都在身边，他应该是最幸福的了。

二

那一年，我在离家千里外的一个城市，为着生活而奔波劳碌，生命的厚重堆积在肩头，在重重艰难之中，心境也变得落寞而黯淡。我有一个朋友，他是开出租车的，也同样挣扎在生活的底层，用他的话说，长年紧绷着脸，已不知如何去笑了。

有那么一天，万般失落的我和愁绪满怀的他，坐在他的车里满城乱逛，各自想着愁心之事。经过一个繁华的街区时，有人从车窗外扔进一张纸来，一看就是那种满街散发的广告宣传单。朋友看也没看，顺手又扔了出去。片刻后，那张纸又飞了进来，我们都大怒。朋友刚要把纸再抛出去，忽然发现宣传单的后面有字，便翻来看。只见上面画着一张笑脸，下面写着："希望能带给你一个幸福的瞬间！如果你能看到后面这些字。"向车窗外看去，一个女孩的身影正在离开。看着那匆匆写就的字迹，心里忽然就感觉有什么东西破碎了。

而朋友的脸上，也露出了淡淡的笑容，许久不曾看到他的笑了，仿佛轻风漾起涟漪，将满面的风尘沧桑荡去无痕。那个神奇的时刻，车里只有我们两个人的微笑在悄悄流淌。

三

表哥是个残疾人，整天坐在轮椅上，下一次楼都很难，便将自己关在书房里，与那些书籍为伴。我去看他，见到他笑容中隐藏的丝丝无奈与苍凉，感同身受，一时也是郁郁。沉默中浏览他满室的藏书，想象着他湮没于别人的故事中，心里身外的世界，都是同样的寂寞。

闲谈了一会儿，表哥摇着轮椅到了窗前，窗外六月的阳光柔柔暖暖，忽然，就见表哥淡淡地笑了，目光也柔和如春。我走到窗前，顺着他的目光望去，楼下空地的一个小沙堆上，几个小孩子正在玩沙子，灰头土脸的，却是无比欢乐的神情。远处，是大街上的熙来攘往，浓重的生活气息直透过来。而表哥的笑容仿佛为这一场景所涤滤，没有了一丝的愁苦与郁闷，有的只是发自内心本真的幸福。

生活也许黯淡，际遇也许坎坷，却总有那样的时刻让我们结茧的心柔润如初。就如黑暗的夜空中划过的流星，能映亮我们的眼睛，能温暖我们的心，有过这样的一刻，就足够了。

第三辑

遇见——月亮在敲门

多可笑啊，
我曾为那么多微不足道的
得失而方寸大乱。
而最珍贵的一直都在，
如这明月，如这青山，
可我却一直视而不见，
或者见而无感。

最美的声音

//

大学时同寝室有一个家住哈尔滨的同学，他从不给家里打电话。问他，他说家里没有电话，写信就可以了。我们有些奇怪：他家住大城市，生活条件也不错，家里怎么不安电话呢？

那次暑假回来后，他每天晚上都躲在被窝里听一盘从家里带来的磁带，有几次还哭出了声，我们提出借他的磁带听一听，他说什么也不肯，有一次趁他不在，我们从他枕头下翻出了那盘磁带，放在录音机里听，好久也没听到声音。我们很是纳闷儿：他每天晚上听这盘空白带干什么呢？

快毕业时，他才告诉我们原因。原来他父母都是聋哑人，为了生活，他们吃尽了苦头，也受尽了别人的白眼冷遇，为了他能好好上学读书，父母的心都放在他身上，给他创造最好的条件，从不让他受一点委屈。后来日子好过了，他却要离开父母去远方上大学，他说：“我时常想念家中的爸爸妈妈，是他们用无言的爱塑造了我的今天。那天暑假回家，我录下了他们呼吸的声音，每天晚上听着，感觉父母好像在身边一样。”

我们的心灵被深深震撼了，亲情是世界上最灿烂的阳光。无论我们走出多远，飞得多高，父母的目光都在我们的背后，我们永远是他们心中最最牵挂的孩子。大爱无言，而那分无言的爱，就是人世间最美的声音。

孤灯小卷

我记得小时候，总停电，那时就喜欢看书。常常在晚上，在自己住的小屋里点一根蜡烛，然后捧一本薄薄的书，倚在枕上看。或者是课外的作文书，或者是借来的小人书，虽然没有什么厚重的名著，可是在昏黄的摇曳的烛光里，每一个字都生动得像要开出花来。

仿佛在那样的夜里，只剩下一盏灯，一本书，还有我明亮的眼睛。不同于普通夜读的意味，这里夜只是一个背景，读也只是一种状态，多年回望而落于心底柔软处的，却是那盏灯，那本已不记得内容的薄薄的小书。

大学时读的书就多起来，开始大量阅读中外名著。可是在夜里，我依然喜欢拿一本薄薄的书，并不一定是名著，但一定是在夜色里能入我心的。宿舍里到时间就停电，起初我们都是拿个小手电，用被子蒙头盖脸，在被窝里看书。后来我觉得这样看书没有感觉，而且很难受，再好的书也读不进去。于是在一个夏夜里，熄灯很久之后，我偷偷溜出宿舍楼，手里拿着一本书。然后看到宿舍后面的路边有一盏路灯，对面是女生宿舍，灯下是一个台阶，我就坐在那里看书。

已记不清有多少个那样的夜晚了，头顶孤灯相伴，洒下一片柔和的光，长长的风偶尔飘来一丝，吹得身旁的草叶细细地响，星光月色都被身后的楼房阻挡了，只有这一盏灯还亮着，只有这本书还翻开着，只有我还醒着。

后来毕业，颠簸辗转，在世事的风尘劳碌中，读书的时间越来越少，仿佛心境全然改变。可是每到睡前，还是习惯性地拿本书，心思却不知飘忽到何处。刚参加工作的时候，住在工厂的宿舍里，很大的一个屋子，三个人。我的床在一个角落里，每到夜深，当室友的鼾声响起，我便拧亮床头那盏小小的台灯，让它只照着我的那一角黑暗。那时看的多是薄薄的杂志，看那些小小的文章。在文中那些寻常的烟火人生里，努力去找寻能贴近我心灵的片段。

有时候会遥思古人灯下读书，月影小窗，一灯如豆，那一幅读书的剪影该会有直入人心的魅力吧。虽然已无复古人之风，可在属于我属于书的那些夜里，总会有一些心绪是与古人相通的吧。一个朋友曾对我讲，他在工地上当力工的时候，每天都干活到很晚，匆匆吃过饭，在别的工友或鼾声如雷或出去游荡的时候，他就躺在大通铺上，借着一点灯光看一本从家里带的书。他说多年以后，那些苦那些累都已淡忘，只有那看书的情景仍历历在目柔柔在心。我想，那样的时刻那样的一个身影，也应是有着一种魅力吧。

在一人一灯一书的夜里，别的东西都会悄然隐退，世界上只有那一点光、一卷丰盈和一缕思绪。那样的晚上，放下书，熄了灯，便会有一枕恬然而带着书香和希望的梦在等候着。

在学校的网站论坛上，有个男生发帖说：我记得那时，在深夜里，总有个人在楼后的路灯下看书，我每次站在窗前就能看见。也不知是哪个年级的同学，也不知看的是什么，总之很专注的样子。那个身影，曾给了我许多感动和力量。

下面有不少人跟帖，也有人说注意过那个身影。一个女生说：是啊是啊，我也看到过，一盏路灯，一个坐在台阶上的读书人，像一幅剪影，真是美极了！

碎暖

//

一个午后，阳光透窗而入，照在一地的书上。我一边整理杂乱的书籍，一边随着每一本书的入目而在心里生长着往事。忽然，从一本书里落下一张纸条，那是一本十多年前的初中语文教材，奇怪它怎么会进入我的藏书行列之中，于是目光不禁投向那张纸条。

纸条已经泛黄，是从大笔记本上撕下的一条，蓝色的字迹已经极淡，“老师，我很喜欢听你讲课！”这温暖的字句，一下子撞开了岁月深处的某扇门。那个时候，我刚刚到一个小镇的初中当语文老师。第一堂课讲得紧张无比，有些语无伦次。下课时，我简直羞愧难当，有一种巨大的挫败感。这时候，一个女生走到我身边，把一张纸条递给我，就是那张夹在语文教材里的纸条。仿佛刹那间春暖花开，心中涌动着感动，还有希望在生生不息。

上大学时，我是学生会宣传部的成员。有一次在布置一个会场时，我往黑板上写美术体大字。下面有一些学生在自习，会议开始前，他们纷纷离开。忽然，一个女同学走到我身边，微笑着把一张纸条塞到我手里。我疑惑地打开，只见上面写着："誓言的'誓'错了，快改过来！"我一惊，仔细看黑板上的字，一时又惭愧又感动。

我刚读初中的时候，班主任是一个很年轻的男老师。开始时，我们并不了解他，也不怎么怕他。他教我们地理，在他的课上，我们常会有一些小动作。有一天下午上地理课，他在前面板书的时候，我写了张纸条给前面隔了几排的一个好友："放学去河边的草地上踢球，多叫几个人！"趁老师转身的时候，我抛了过去，好友接过后，便回批了一个给我："你再问问别人，看有多少人去！"于是，我又炮制了几张纸条，团成团四处抛飞。

谁知很不巧，向最前排抛去的那个纸团由于用力过猛，竟落在了老师的讲台上，恰好老师转过身来，他很好奇地打开纸条看了看，没说什么，继续讲课。过了一会儿，他让我们自行把课文默读一遍，记住一些数据。我正低头读着，忽然发现老师走到我身边，悄悄地把一张纸条放在我桌上，上面写着："我也去踢球，放学后记得叫上我。"一瞬间，心里有一种说不出的感受。从那以后，老师便融入我们之中。他也让我们明白，一个老师完全可以不用绷着脸就能让学生从心里听从敬服。

我坐在一堆书中间，沐浴着暖暖的阳光，任思绪飘飞于一张又一张纸条的往事之中。曾经在一个幼儿园，看到许多粘贴在墙上的纸条，上面都是父母写给自己孩子的只言片语。比如说：“宝贝，妈妈不求你以后能大富大贵出人头地，只要你一生平安就好！”一字一句都浸润着父母浓浓的爱。这家幼儿园把这些纸条都精心地收藏着，说等孩子们长大以后，让他们回来看。我想，当长大的孩子们重回幼儿园，找到父母当年写给自己的纸条，心里该是怎样的温暖与感动。

我的一个朋友被亲生父母抛弃，她却从不悲伤，也从没有怨恨过自己的父母。她说她也有亲情，她同样在母亲的爱中成长。有一天在她家里，她小心地拿出一张纸条，上面已经塑了封，急促的字迹，仿佛临时匆匆写的。开始是一串年月日，估计是她的生日，后面有几句话：“妈妈会心痛一生，会爱你一生，你永远是妈妈最珍贵的宝贝……”妈妈的表白，将会温暖她一生。

记得一个高中同学跟我讲过，有一次他和家人怄气，便选择了离家出走，让他伤心的是，父母并没有阻拦他。及至在另一个城市走投无路时，他偶然在衣服最里面的一个口袋里，发现一些钱和一张纸条，是母亲的笔迹：“走够了就回家吧。”短短几个字，瞬间消融了心里的坚冰，只流淌着暖暖的感动。

我常常流连于那些让人难忘的只言片语。那样的时刻，仿佛时光都走得那么轻缓。那些点点滴滴的暖，汇聚成爱的海洋，无时无刻不在包围着我们。这样，生命才会在磨砺中温暖而多姿，生活才会在坎坷中多情而美好。

门前的树叶黄了

“门前的树叶黄了，秋天来了。”

我翻看着学生写的作文，大多数开头都是这一句。那还是十多年前，我在城市的边缘开了一个作文班，班上有三十多个学生。看着这些作文，不觉有些失望，也觉得自己还要更多地启发他们。忽然，有一篇作文让我眼前一亮，不禁多看了两遍。

当我对学生们说，三十七篇作文，有三十四篇开头是同样的一句，大家都笑了。然后他们纷纷说，门前的树叶黄了，本来就是秋天来了呀，这样写有什么不对吗？这样写确实没什么不对，也不能因为一个开头来判断整篇作文，只是，有时候，一个好的、特别的开篇，才能够吸引人读下去。于是大家都让我读读那三篇不一样的，想感受一下。

“以前，凝望着树上的叶子，我就经常问自己，也问过家人，树叶什么时候能脱离了树枝的束缚自由地飞？后来，我就知道了，当它们黄了的时候，就可以飞了。如今，门前的树叶又黄了……”

在我很小的时候，也总问一些稀奇古怪的问题，曾经问过大人树叶为什么会落，却没想过树叶什么时候能飞。或许，经历的不同，所想的也不同，少年的心境便更是迥异。听了这个开头，同学们的注意力果然被吸引住了，他们看着我，希望我继续读下去。

“如今，门前的树叶又黄了，它们又要开始一年一次的飞翔了，可我，依然被围困在院子里。”

听到这里，大家都似若有所思。我想他们肯定想到了些什么，果然，在我读作文的过程中，他们都静静地听着，一直听到结尾。

“门前的树叶黄了，它们又要跟着西风飞了，可我却不再难过。虽然轮椅把我的身体我的自由给禁锢了，可我的心却依然能自由飞翔。”

然后他们都鼓掌，对着最前排的那个小女生。小女生坐着轮椅，脸红红的，微微地笑。我告诉大家，她的这篇作文，通过门前黄了的树叶，写出了自己的挣扎和努力，写出了一种心情转换，作文，就是要这样写才好。可是却有同学说，如果没有那么特别的经历，又该怎么办呢？我给他们读另一篇作文的开头：

“妹妹总是问我，为什么到了秋天树叶会变黄，开始的时候，我告诉她，树叶是被西风染黄的。因为西风把大地上的庄稼染黄了，把草染黄了，也会把树叶染黄的。后来，我发现这个答案很诗意，却不是科学的。于是，门前的树叶又黄了的时候，我就告诉妹妹……”

这个开篇也很有意思，下面是带着科学知识的故事，这样的作文也挺好的，体现了一种热爱学习的精神。同学们听了很受启发，觉得这个题目还可以写成这样的内容，不一定非要写赞美秋天或者描写秋天的景色什么的。大家讨论了一会儿，有人忽然想起来问：“老师，不是还有一篇吗？”

“门前的树叶黄了……”

刚念了一句，立刻被同学们打断：“老师，这不也是和我们一样的开头吗？”

我继续念：“门前的树叶黄了，父亲走了。”

嘈杂声立刻消失了，后半句的转折太过于新奇，让大家一时陷入聆听与思考之中。大家都睁大了眼睛，想听听下面到底是怎样的一个故事。

“父亲卧病在床已经两年多了，他在这个秋天终于走了，再也没有了病痛。他走的时候，门前的树叶已经黄了。”

大家听得更是动容，下面的故事，都是回忆父亲的点点滴滴，淡淡的伤感里，流露着浓浓的爱与思念。听完故事，大家都知道是那个安静的男生写的，大家都在思索着，原来，可以从简单的一句标题里生发出这么丰富的内容。我便给他们讲，怎样从一个题目联想到一个故事，怎样在故事里融进一种情感，或者一种道理，他们深受启发。

又是秋天了，门前的叶子又黄了。想起曾经的孩子们，便有了一种感动。那几年，我从他们身上也学到了许多，或者说，找回了许多遗失的美好。所以，虽然树叶黄了，可我的心并没有枯萎，依然如成熟的庄稼一般饱满，散发着生命的馨香。

月亮在敲门

我用力跑着，撞破一堵又一堵夜的墙，气喘如牛，可是后面沉重的脚步声依然如影随形。恐惧与疲惫交织着，终于一头栽倒在地。

张开眼睛霍然坐起，心犹自快速地挣扎着。已经很多天没有做过这样的梦了，梦里有个人在追杀我，黑暗中看不清那人的脸，只能听见催命的脚步声如附骨之疽。以前一直做同样的梦，在网上查解梦，吉也有凶也有，茫无头绪。后来咨询一个研究心理学的朋友，他说一般总做这样的梦，说明心理压力过大，或者是面临某种选择无所适从。

似乎有些道理，只是，现在的人谁的压力不大呢？就连本该无忧无虑的学生，都是每日里沉重无比，被学业和家人的期望压得喘不过气来。而且在这所乡村的学校更是如此，因为考学出去是当时脱离农村最好的一条路了。我来这里是想回到乡下熟悉的环境换换心情，正逢一个老师临时有事，我便给代一段时间的课。其实很喜欢和这些少年在一起，他们像极了十年前的我，在天地间自由成长，即使是小小的教室也困囿不住一颗野惯了的心。

前两天讲作文，讲拟人句，我问：每天的黄昏，晚霞把房门映照成红色，这样的一句，如果用拟人句来表达，该怎么写呢？大家热烈地讨论，想出了各种各样新奇的句子。有几个男生共同想出了一句：每个黄昏，晚霞都将我的房门敲得通红通红。确实很美好的句子。我故意问：那么，除了晚霞，还有什么能敲门呢？同学们的思路便一下子开阔起来，风可以敲门，雨可以敲门，太阳可以敲门，月亮可以敲门，甚至目光也可以敲门。于是诞生了许多诗一般的句子，清溪一般流淌在每一张笑脸间。

我借住在亲戚家空闲着的一个小小院落里，正是初秋，夜里很静，闲来看书，或者胡乱写些什么，不知从哪一夜开始，睡梦中没有了被追杀，甚至连梦都没有了。只是这一次，那个看不清面目的人又一次追进我的梦里，让我仓皇之间逃无可逃。我坐在那儿，耳畔似乎还响着追命般的足音。等等，不是似乎，真的有响动一声声地闯进耳朵。我凝神细听，是敲院门的声音。敲门声很轻，不疾不缓，在寂寂的夜里，那是一种可以进入梦中的节奏。

看了看时间，夜还不算深，亲戚肯定已然睡了，会有谁来造访呢？我开门走进院子，敲门声却消失了，仿佛被夜色吞没了。

打开院门，空空荡荡，月光无边无际不知疲倦地洒落着，只有西风长长地淌过。回到院子里默立了一会儿，再无声响，怀疑自己刚才听到的敲门声是幻觉。不过，这敲门声却彻底终结了我的烦忧，让我在噩梦的出口，遇见了满世界美好的月光。

再次睡着的时候，无梦，却又是一个单纯的和月亮相约的梦，只记得漫天的月光飞舞，飞舞成一种希望，把梦也洇染得静而美。

第二天上课前，我匆匆写了一篇叫《月亮在敲门》的作文，在课堂上给同学们朗读，他们听得很认真，和我一起回味着昨夜的经历。听完后，那几个写出晚霞把房门敲得通红的男生，互相眨着眼，笑问："老师，你怎么知道是月亮敲的门呢？"我也笑："我当然知道啊，因为我打开门，只有月亮在！"

我当然知道啊，因为早晨出来的时候，偶然回头，看到门上用粉笔画着一个半弯的月亮，而且是笑着的。笑着的月亮在夜里敲响了我的院门，也敲开了我心中通向美好的那扇门，让我不管在怎样的际遇里，在怎样孤单的长夜里，都能遇见不期然的感动。

从天而降的美好 //

一

走在黄昏的山路上，两旁的树林沉默着，连风都不知栖息于何处，只有若隐若现的斜阳渐行渐远，暮色随着山路的延伸而悄悄地深浓。

宿鸟都已归巢，可能已经开始了属于它们的梦。慢慢地走着，足音很轻微，怕惊扰了这空山的宁静。思绪也弥漫着，被头顶的几点亮星点缀得极为清宁，仿佛与广阔的天地融为一体，无远不至。

就在这天人合一的时刻，忽然一声轻响，像是什么东西从空中落下，能清晰地听见它落地后滚动了几下的声音。刹那间身心都回到人间，我知道，那是一个熟透了的松塔从树尖上坠落。我想象着它从枝头脱离的那个瞬间，该有着怎样神秘的力量在帮助它，不早不晚，一个恰到好处的极致。

我喜欢被拉回这样的人间，一个松塔的落下，便生动了整座夜里的山，和我的心。

二

一个很深的夏夜，从噩梦中惊醒，便再也睡不着。日间的种种不如意又涌上心头，本想躲进梦里，却又被梦驱逐。想得烦躁，索性披衣而起，来到院子里。

院子里也是黑沉沉的，除了草气花香还在流动，其余都静默着。天上的云朵很多，偶尔点点的星光遥远而不真实。心里也是沉沉的，被夜色桎梏着，烦恼没个排遣处。只好徘徊，徘徊，却听不到一缕风的消息。

然后，便在地上看到了自己的影子，转头，也看见了墙上花与树的影子。抬头，略东边的天空，小半个月亮正从云层中挤出来，月光细细密密地洒落下来，点亮了许多的事物。感觉心底也一下子亮了，那些沉重的灰暗的，都被月光放逐出来，一一化作生动的身影。

小院里一片幽幽的明，那些被黑夜淹没的，此刻都显露出来，温柔地醒着。在庭中站立良久，月光濯洗着灵魂，然后准备回屋睡觉。我想，我一定能做一个很温暖很幸福的梦了。

三

我记得那个春天，我还是小小少年，和几个表兄弟姐妹步行去六里外的叔叔家。大地上的雪已融尽，阳光暖暖，地平线处似乎微微升腾着地气，非常清澈透明，要仔细地看，才能看到那一缕缕扭曲着如竖纹般的气流。土路穿过刚刚发芽的杨树林，穿过翻好了还未播种的田地，我们开始还说说笑笑，走走看看，就有些累了，也不愿意说话了。

沉闷地走着，感觉阳光照在身上都有了重量，蓦地，传来一串串布谷鸟的叫声。我们全都停住脚步，仰头去看，很高很高的天上，一只布谷鸟如一个黑点般飞过，“布谷——布谷——”，清脆的啼鸣从高空中坠落下来，落在我们的身上、心底。我的心里立刻涌起一种感动，很想在空荡荡的天地间大喊一声：“春天来了！”

接下来的路程，我们又恢复了活泼，开始讲着春天的事，讲着即将发生的那些美好。

四

依然是少年时，依然是春天，依然是我们这些兄弟姐妹。

我们坐在院子里，缠着叔叔讲故事，即使那些故事已经听了无数遍，却依然想听。叔叔被我们扰得没办法，只好放下书，东风浩荡，吹得那本《三国演义》的书页飞快地翻动。还没等叔叔开口，呼啦啦一声，我们抬头四顾，却见一只大风筝落在了房顶。一片欢呼，踊跃而起，抢着搬梯子上房。

这只风筝估计是村里人自己做的，虽然很大，却并不鲜艳美观，可我们却喜欢极了。村里肯定没有人家做这样的风筝，真不知断了线的它是从多远的地方飞来，又恰好掉在我们的房子上。叔叔也很高兴，他去仓房里找出一团线绳，略整理了一下，接在风筝的断线处，然后带着我们来到村外的空地上。

折腾了好几次，风筝终于不负众望，飞到了高空之上，我们跳着叫着，轮流牵着线奔跑，真是无穷的乐趣。后来，我们在争抢的时候，不知谁用力过大，或者是叔叔找的线太不结实，竟然就断了。风筝自由了，我们都仰望着它越飞越高，越飞越远，直到消失在视线中。

不过我们都不难过，毕竟已经玩得很开心。而且，这只风筝如果飞到某个村庄，也正好落在谁家的院子里，那么，那些孩子就会和我们一样，也拥有了这从天而降的美好。

青山明月不曾空

走上那条很缓的山路，虽然已是很深很深的秋，虽然空气中流动着凉意，可是成群的松树依然青青地站立，暮色也开始温柔地拥上来。刚刚转过一个弯，偶然抬头，就与月光撞了个满怀。

那么大那么圆的一轮黄月刚刚爬过山顶，正踩在高处的树梢上，静静地凝望着空山孤影。我的影子被月光唤出来了，形影之间，却没有寂寞。心里是满溢着的喜悦，虽然并没有发生什么大喜之事，可在这样大的月亮底下，那种喜悦却是情不自禁地随着月光流淌。那是来自生命最原始处的满足，朴素而美好，就像童年简单的快乐。

童年的月亮没有这么大，可能是大平原上没有山的衬托。和几个伙伴站在我家房后的土路旁，头顶上是一轮明月，很圆，那时的空气那么清澈，清澈得可以清晰地看见月亮中的环形山。我们欣喜无比，说着那是桂树，说着嫦娥。无忧的岁月，如水的月光，心里盎然着的，是期待，是憧憬。而在山中的此刻，心底的宁静却是历经世事沧桑后的超然，就像流水走过了曲曲弯弯，走到了最平缓的一段。

大平原上的小小村庄，生长着我所有的梦，当年的我，总喜欢站在故园的院子里，眺望村南无边无际的大草甸。天气晴好的时候，可以看见更远处松花江上的船影。而东南的方向，在松花江的南岸不知多远处，是一簇高大的山影。不知那是什么山，阳光下是淡青色，没有一棵树，那是一座石头山。所以那时候，看书上说的青山，我以为就是这样的山。看着远山总会有幻想，平原上的孩子没有见过山，我们村的孩子是幸运的。只是从来没想过，二十年后，我会身处群山环绕之中。小兴安岭的原始森林，让我终于明白，什么样的山才叫青山。

只是，当时也只是给我视觉上的震撼，山岭还未曾走进心里。因为那时，我的心里满是失落，就算是再绚烂的山色，也不能点染黯淡的心境。那时的黄昏，我也是这样，一个人走上一条山路，心情却是迥然。秋天，也会遇见月亮，就踩着一地凄凉的月光，踩着一地落叶的叹息。漫长的冬天更不用说，身内身外的冷，把心情全都冻结。即使是花月春风，即使是满山苍翠，在我的眼中心底，也都如匆匆路过的风景，看得见落幕后的凄清。

就这样走了多少年，才又走回了心底的平和。并不是当初那一次的失落使然，而是在这熙攘的尘世间，在现实与梦想的碰撞中，总是让自己的坚持一次次地面目全非，总是在一次次的抗拒里，让前路迷茫后路成渊。

记不清是哪个日子了，从山顶下来的时候，夜色已经弥漫开来，小心翼翼地走在黑暗的山路上，周围的林木凝固着一种沉重。就在某个刹那，月亮冲过山头，眼前豁然一亮，而心中也是一畅，那些郁积着的，纠缠着的，挣扎着的，便忽然风流云散。原以为要经历怎样的煎熬和感悟之后，才会放开看淡，没想到只是在月亮出来的一瞬，只是在山间闲行的一瞬，一切就都不一样了。或者我就一直在领悟的过程中，这个过程注定是磕磕绊绊的，积累到一个顶点，便被突然的月光将一切打破。心里柔柔软软，感受着草木之微，都是生动无比。

多可笑啊，走了那么多的弯路，最后又回到了类似童年的月亮底下。多可笑啊，我曾为那么多微不足道的得失而方寸大乱。而最珍贵的一直都在，如这明月，如这青山，可我却一直视而不见，或者见而无感。多好啊，就算我失去了更多，可是青山明月都在，那我也是富足的吧！那就轻轻松松地走吧，不管走到怎样的境地，回眸之间，总有美好相伴。

就像此刻，我轻轻松松地走在那条很缓的山路上，足音敲响空山，月亮跟着我，一直走向心底的眷恋。

情不自禁

走在那条铺满阳光和树影的土路上，身前身后飘落着清澈的鸟鸣，长长的风吹得地上的影子摇曳变幻，吹来大地上庄稼清新的气息。我放慢脚步，不知不觉地忘记了刚才步履匆匆到底是想去干什么。

远远的田间，有劳动着的身影，再近一些，竟是有人拿着锄头在除草。这让我欣喜不已，因为，现在很难再见到这么古老的劳作方式了。童年少年的时候，多少次和父母去农田里，庄稼地一年要铲上好几遍，因为那些草生长得太快，比心情生长得更快。那时是什么心情呢？开始是无忧无虑，渐渐地就盼望长大，心里就有了渴望和憧憬，然后就是小小少年的轻喜和悄愁。父母在田里挥汗如雨，我和伙伴们坐在地头的树荫下，用狗尾巴草编成毛茸茸的小动物，或者追着路过的蜻蜓和蝴蝶。

不知从什么时候开始，坐在地头闲玩儿的我们，经常会看着很远的远方发一会儿呆。仿佛在地平线的那一边，有着一个神秘的世界。想起地平线，我四望了一下远方，目光通畅无阻，天地相接处，有大朵的白云涌起。这些年久在小兴安岭深处，层层叠叠的山岭间，根本见不到地平线。每次回哈尔滨，一出小兴安岭山口，便觉眼前一亮，心中也是一畅。城里，山里，看不到地平线，而我的童年在东北大平原的村庄，日日看地平线，除了遐想，并没有感动。而三十年后，再次把目光放飞到天地极远处，却有了一分乡愁随云升腾。

想着，走着，就走到了那片田地的边缘，看到地头有一棵挺拔的树，就倚着树坐了下来。随意扯了一根狭长的草叶，在手里把玩。那两个锄草的人正沿着田垄走远，牵扯着我的目光也随之移动，一瞬间有些恍惚，仿佛看到了父母年轻时的身影。就那样呆呆地望着，直到背后的树都被我靠得唱起了歌，才发现风大了起来，思绪更是被吹得纷纷扬扬。

忽然一阵狗叫声，回头看，两个孩子，大些的女孩带着小些的男孩，提着篮子，在他们身前，一条大黑狗跑跳着，叫着，冲我龇牙咧嘴。我坐在那儿没有动，只是看着他们，就又想起了儿时和姐姐一起，去田间给父母送饭的情景。家里的黄花狗也是跑在前面，尾巴摇乱阳光。大黑狗跑到离我不远处，停了下来，许是它嗅到了我思乡的味道，竟然不再狂吠，就那么看着我。站起身来，继续往前走，黑狗不远不近地跟着我走了一段，才跑回去。一家人已经坐在我刚才坐过的树下，零星的笑语传来，同阳光，同风，一起伴我很远。

田地间忽然出现一条毛毛道，惊喜不已，毫不犹豫地走上去，根本不去想它通向哪里。毛毛道，是我们乡间斜穿或者横穿农田的小路，极细，一路垄沟垄台，每一步都极均匀，每一步都踏在垄台上，就像踏在琴键上，心底奏响着旧日的乐章；就像一步步跨越时光的山梁，接近着所有温暖的来处。两旁的庄稼还正年轻，没有长高到阻挡我的视线，空气中流动着青青的味道。走出田地，前面是一个小小的村庄，日已近午，家家户户的炊烟都醉在长风里，鸡鸣狗叫此起彼伏。我隔着一条小小的河，望着小小的村庄，就像望着一个永远不能归去的旧梦。

河边的浅水处，一群小孩正在嬉戏，水中，岸上，同样的欢乐。想起小时候，家里看管得严，下河游泳是绝对禁止的。所以，经常就是别人在水里玩儿，我坐在岸上看着，村西的那条河，不知融入了我多少羡慕的目光。也有很多次，实在抵不住诱惑，便也下了水。比之伙伴们，我更多了一分偷偷摸摸的快乐。那些小孩玩得正欢，水花和笑声一起飞扬。这时候，村子里便传来一些呼唤声，远远近近，长长短短，各种小名儿满天飞，都是喊着回家吃饭。河边的孩子们在喧闹中，向着村庄跑去，河边安静下来，静得只剩下流水的声音，和我的心跳。而此时，我多希望有一个熟悉而遥远的声音，能从某个地方传来，呼唤着我的小名儿，引领着我走向一个最温暖的家园。

在那里停留了很久，直到太阳偏西，才原路返回。回去的时候，和来时的心情完全不同，虽然还是那些所见，却不再是一路的回归，而是一路的失落。因为我知道，我要回去的熙攘的城市，并不是我心灵的归属。可是我的兴奋还是多于失落，这大半日的触动，足够荡心涤虑，仿佛放牧了灵魂，尘忧顿去。

只是，我竟然一直没有想起来，今天来郊外是为了做什么。不过也好，我觉得自己虽然什么都没有做，却觉得比做了任何事都充实。我愿意这样，喜欢在所有能触动我的情境里，一次次地忘乎所以，一次次地情不自禁。

半河流水半河冰

三月将尽的时候，在河堤上散步的人并不多。特别是黄昏，黄昏来得还是那么早，不到六点，夕阳便已被重叠的山拽了下去。依然很冷的风缠绕着依然疏朗的树，大堤阴坡上的枯草，还在风中举着残余的雪。在网上看到南方许多花都快谢落了，便觉得天遥地远，小兴安岭的春天，似乎还没到来就已经走远了。

草木正努力着从一个长长的梦里醒来，候鸟还在长长的归途之中跋涉，远远望去，被余晖涂抹的一朵云影，却固执地带着一丝暖意。大堤随河转了一个很大的弯，转过来，便与清冷冷的流水声相遇，无边的萧瑟之中，我立刻感受到了春的消息。驻足凝眸，近岸处的冰有一段已融开了长长的一条，有一米多宽。那一处重见天日的水，正兴奋地轻唱。

原来，春天总是从细微之处开始，像许多许多的心情。即使生命有着短暂的沉重与迷茫，也总会有一缕似寒实暖的风，从某个缝隙悄悄潜入，慢慢地把冰雪燃烧，把黯淡着的寒冷着的，浸润成清澈的美好。

天边那朵同样燃烧着的云，已渐渐被夜色熄灭，黑暗无边无际地垂落下来。一弯极细的上弦月，无声无息地亮起来，像一支簪别在夜的发上。虽然还是无边的冷冷清清，却已经有了寻寻觅觅的心情。这样的心情一出现，我知道，春天才是真的来了。

又过了几天，再次去河堤上，河冰已经融化了更多，近两岸处已经露出了长长宽宽的水，夹着中间那一条孤孤单单的冰。有一些不安分的水便跃上了冰面，把冰又割划成不规则的形状。这是一个很奇异的场景，冰上冰下皆流水，虽然儿时也常见，却是每次见到都会悠然神飞。打破与回归，除了外在的力量，更要内在的力量。流水与春天的共同努力，才让一河欢唱融入东风。

一直觉得有三种现象很奇特。雪落长河，雨打冰面，再就是，半河流水半河冰。雪落长河是在这里的深秋，河未冰封，雪便迫不及待地来了。看大朵大朵的雪花扑入浪花，仿若生命中的琐碎被博大的胸襟所包容，截然不同又浑然一体。也是在此时的季节，有时雨会在冬的余韵中缠绵而来，冰河未解，雨点便密集地敲打着冰面，使冰也鲜活起来，常会有一河静水的错觉。就像一些沉重的过往，总会被一场不期然的雨濯洗，虽然寒冷如故，却是生动了许多。

脚步放逐于河堤之上，目光也随之远远近近深深浅浅。再过些日子，河里的冰就会被割划得支离破碎，大大小小的冰排冰块，会随着满溢的流水浩浩而下，走着走着，就消于无形。其实生活中的许多事也是如此，随着时光的流逝而支离破碎，最终了无痕迹。走过的岁月之中，曾经郁结于心的那些块垒，虽然在当时冷漠黯淡，可总是在回首时风平浪静。

半河流水半河冰，是一个奇妙的过渡状态，它们都在义无反顾地奔向远方。冰与水，质同而形异，或者本就为一体，在奔向共同的目标中，便盈然而欣然了。而我们一路走来的许多心情，也会在数不尽的长路长夜中，不知不觉地彼此交融。停不下的脚步，可以改变许多东西。

所以，还想那么多做什么呢？跟着脚步走，一切都会过去。河里的冰与水还在缠绵着，还在向前走着，当它们走到不分彼此，春天，就真正来了。

第四辑

回望——有一声呼唤穿越地久天长

我们在清澈的期盼里走过的每一步，
都会化作回首时的欣慰与缤纷，
那么，即使脚下依然是沉重的境遇，
又能如何呢？
我们依然会在新的期盼里，
走过日月流年。

夜里醒着的疼

生命中有些片段，任再长的岁月也湮没不了，总是在心底开出一朵疼痛的花儿，美丽着，也懊悔着。特别是对亲人曾经有意无意的伤害，也许每个人无眠的时候，都会无端想起，都会无限遗憾。

上小学的时候，一次偶然的逃课经历，竟让我上了瘾。想着别人都枯坐在教室里上课，而我却如笼外之鸟，奔跑在村外的河边草地上，拿着弹弓打鸟，或者下河捉鱼，或者捉青蛙蚂蚱，反正天高地阔，真是自由自在无拘无束。所以，我有时和老师撒谎说家里有事，有时干脆就偷偷地溜出校园，就这样隔三岔五地逃，本以为没事，却终于被发现。

母亲那时候不到四十岁，平时很少打骂我，而她发现我逃学之后，就完全变了一个人。那天母亲在野外找到了我，我见到母亲的身影，转身就跑，当时极为害怕。母亲在后面追，我跑进村子，跑得飞快，母亲竟然也跑得很快。我在村里的每一条土路上跑着，想着怎么也比母亲跑得快，可是母亲虽然落得很远，却是紧追不舍。最后我实在跑不动了，便认命地往地上一坐，母亲跑到我身边，满脸是汗，气喘吁吁。那一刻，心里忽然便涌起一种很愧疚很心疼的感受，所以当母亲拽着我的红领巾，把我拽进学校拽进班级，虽然同学们哄堂大笑，我却一点儿都没有怨恨母亲。

后来我家搬进了县城，租住在城北的一个平房里。父亲和大姐二姐上班干活，我上学。当时生活很贫困，于是母亲就想着怎么挣钱，也做过很多事。比如在夏天背着一个冰棍箱子，走街串巷地卖冰棍，即使再热，也舍不得自己吃一根。还搓过麻绳，糊过火柴盒，那些困苦的日子里，母亲一直是操劳着的。而我却愧对母亲的辛劳，真是悔恨交加，现在回想起来，我最后悔的却是另一件事。

有一段时间，母亲在街口的路旁卖鱼，每天很早就出去，一卖就是一整天。当时街口好多卖鱼的，母亲就在他们中间，守着面前的一个很大的水盆，里面都是鲜活的鱼，一直卖到天黑了才回家。每天早晨上学的时候，我从街口经过，会到母亲面前说几句话。可是放学的时候，我就对母亲视而不见了。因为有几个同路的同学在一起，我和他们说说笑笑，不敢转过头往母亲那边看一眼。那时候很是自卑，农村孩子到城里本就不适应，如果再让他们知道自己有个卖鱼的母亲，不敢想象他们会怎样看我。

有一天放学很晚，天都快黑了，我和几个同学走到街口的时候，瞥见母亲正在吃力地收拾东西准备回去。我犹豫了一下，但脚步还是没有停留。

那个晚上我难受了很久。特别是想到母亲累了一天，又一个人把东西拿回来，我却无视着走过，心里就很疼很疼。夜里暗下决心，明天放学的时候一定要帮母亲干活，不管有多少同学看着。只是，第二天，母亲没去卖鱼，以后也不再卖鱼了，母亲又去做了别的事。这竟成了永远的遗憾，即使过去了许多年，在每个辗转反侧的夜里，过去那个夜晚的疼痛就会穿透岁月漫上来。

后来，我也曾试着和母亲说起往事，虽然很想对母亲说声对不起，却又一直没有提起。我知道，我说了，母亲也会慈祥地笑，然后说："我怎么不记得了呢？"我相信母亲肯定是真忘了，虽然那时候我每天晚上放学都不和她打招呼，可是母亲却从不在意。也许在父母的心中，孩子的过错，他们都会遗忘。可是，这也正是遗憾之所以成为遗憾的原因，因为，连道歉都不可得。

那么，就只好在许多的夜里继续疼着，不过那分疼痛也是一种幸福吧，它提醒着我们，在岁月里，总有那么一个人或一些人，曾经深爱着我们，一直深爱着我们。

被窝里的冬天

母亲早早地就把最厚的棉被找了出来，放在秋阳里晒，就像能把阳光的温度融进去一样。果然，接下来是一个寒冷的冬天。

虽然我经历了很多寒冷的冬天，比如小兴安岭零下四十多度的日子，可在记忆里，还是要数六岁那年的冬天最冷。当时，我们刚从一个村子搬到另一个村子，住在三表舅家的西屋里。父亲长年在外地工作，母亲带着我们姐弟三人，一起过冬。白天最冷的时候，会烧一会儿炉子，那时候根本没有烧煤的，也买不起，都是烧玉米芯或者玉米秆。所以很不经烧，烧的时候很热，却烧得快。火一停，屋里就又冷了。

寒假，姐姐们也不上学，天黑得早，不到五点外面就黑透了。吃过晚饭，没什么事的时候，我们就早早地钻进被窝。那些被母亲在秋天里晒过的被子，确实很温暖。而且经过一天三顿饭地烧柴，炕已经很热，被子是早早地就铺好了的，我们把脱下来的棉袄棉裤都盖在被子上，把被头掖得严严实实，蜷着身子，积攒自身散发出来的热量。然后漫无边际地说着话，或者想念一下在远方的父亲。

过一会儿，母亲会打开收音机，这个时间段会播一部广播剧，大约有半个小时那么长。我们每天都准时收听，不管是什么内容的广播剧，都听得津津有味，听得上了瘾。听完广播剧，被窝里已经很暖了，可以感觉到身下的火炕正散发着无穷无尽的热量。于是就在温暖的环绕中，在对广播剧的回味中，沉沉地睡去。

在我们乡下，有个词，叫“猫冬”。猫冬，就是在冬天里躲在房子里，不出门。猫，在东北方言里有“藏”的意思。总觉得那时候的冬天比现在冷，雪也大，经常是一夜大雪过后，早晨推不开房门。而我们猫冬，不仅猫在房子里，还猫在被窝里。

冬天的夜那么长，有时候在后半夜醒来，便觉得冷了。火炕已然没有了温度，棉被里阳光的热度似乎也已散尽，被窝里充盈着的，只是自己的体温。

有时候后半夜醒来，不知是从哪儿来的风，还是自己的呼吸被冷却后又落回到脸上，觉得凉飕飕的，恨不得把头都埋进被窝里。若是赶上内急，即使憋得再难受，也很不想离开被窝，总是要鼓足勇气，才敢走进寒冷里。完事之后，迅速地跳回炕上，飞快地钻进被窝，就像鱼儿入水，惬意无比。一出一进之间，两相对比，原来还觉得不怎么热乎了的被窝，那一刻简直是太暖和了。

记得有一天醒得特别早，天才蒙蒙亮，母亲也还未起。我忽然觉得头发眉毛都冰凉冰凉的，伸出手一摸，全是水。向旁边的姐姐们看去，她们的长头发上也是一层薄薄的白霜。那一年的冬天，就冷到这样的程度。或许并不比往年冷多少，只因为那一年是我家最艰难的一年，心也跟着冷了。也是在那个冬天，我的耳朵冻伤了，肿得很大，还有手脚，都肿得像馒头一样。白天倒没什么感觉，可是一到晚上，又痒又痛，很钻心的疼。可即便如此，我依然觉得很快乐，每天在被窝里想着父亲，听着广播剧，等一个美梦。

最快乐幸福的时候，是父亲来了信，每个人都要看好几遍，那时候我已经认得许多字了，也大概能看懂，却是看不够。晚上进了被窝，还要在炕沿上放一支点燃的蜡烛，因为那时候经常停电，有时候一个月都没有电。我们就在烛光里读父亲的信，或者给父亲写信，那样的时候，仿佛一点儿都不冷了，即使胳膊都露在外面，也浑然不觉，只想着要和父亲说些什么话。那样的夜是温暖的，因为我们的心里很温暖。

那个冬天之后，我们便搬到了村西头，有了自己的房子，冬天也可以尽情地烧着火炉了，父亲也不再出去了，一切都那么美好。即使几十年以后，我也依然觉得父亲不在家的那个冬天最冷，冷得能让那么小的我，记住所有的细节。而那些细节贯穿起来的情节，却又是那么让我留恋，让我情不自禁地微笑。

那的确是最冷的一个冬天，却也是最暖的一个冬天。

鸡犬之声相闻

听到外面狗叫声，我飞快地跑出去，利落地翻过西边的院墙，就到了邻家。邻家院里正热闹，许多孩子都来了，夕阳也跟着傍晚的风来了，我们进了屋。邻家男人已经吃过饭，正坐在炕头上，戴着一顶破旧的帽子，我们都围拢着他。他见人多起来，就卷了一支烟，抽完，咳嗽了几声，便放开嗓子开唱。他唱的是二人转，字正腔圆，声音洪亮，窗子都隔不住，才唱了没几句，又引来一些人，有的进不来屋，就站在院子里听。

等唱完了一出，邻家男人也尽了兴，人们陆续散了，夕阳也走了，天黑了下来。可我们几个小伙伴还不肯走，继续和邻家的孩子玩得热闹。这时候，炕头上的老奶奶便开始给我们讲故事，讲的都是一些祖辈相传或者田间地头闲说的琐碎，或者妖魔鬼怪一类，听得我们既好奇又害怕又还想听。离开的时候，外面黑黑的，在故事的余韵里，便觉得那些鬼怪无处不在。于是大声喊我家花狗的名字，花狗叫了几声，跃过墙来，我才不再害怕，和花狗一起回家。

村庄里几乎家家都有狗，白日里它们似乎不怎么来往，到了夜里，却经常互通声息。经常是在睡梦中，被狗叫声吵醒。听着家里的花狗在院子里叫，只一会儿工夫，左邻右舍甚至整个村庄的狗都叫了起来，远远近近，此起彼伏，仿佛在互相大声交流着什么。过了好半天，那些叫声才渐渐熄灭下去。便迷迷糊糊睡着，再醒来，却是被公鸡的啼鸣声唤醒。家里的公鸡站在墙头上，正引颈高歌，满村的公鸡都在热闹地叫着，打鸣的声音连成一片，终于把太阳引诱了出来。

在村庄的日月流年里，夜晚是狗的欢场，清晨是公鸡的舞台。

闲看老子《道德经》，看到“邻国相望，鸡犬之声相闻，民至老死不相往来”，便觉圣人之境何止是令人高山仰止，更不是我这种俗人所能领略的。而且，我喜欢鸡犬之声相闻，更喜欢各家各户常相往来。我的童年和少年，在东北大平原上的那个村庄里，和伙伴们每日里走东家串西家，乐此不疲。大人们也是如此，特别是农闲的时候，总是溜达进谁家里，坐在炕上，在卷烟或者烟袋的陪伴下，唠着总也唠不完的家长里短。

久而久之，我们都熟悉了家里的狗叫声所传达的意思。比如，听得狗叫了几声便没了动静，来的准是个熟人；如果狗叫声不停歇，而且越叫越厉害，那就是不常来的人。不管熟或者不熟的人来串门，都很随意，进门寒暄，然后自然地坐在炕上，点起烟，也并没有什么大事，顶多借些农具或者鞋样儿什么的。更多的时候，就是纯串门，聊天，打发闲闲的光阴。

我经常是无聊地听着，然后在某个时候，忽然听到外面一只刚下了蛋的母鸡大声地叫着夸耀。好一会儿，下蛋的母鸡已经过了兴奋劲儿，却忽然又听得一声声公鸡的叫声，要多难听有多难听。我便笑，出门看见几个伙伴正站在墙外嘻嘻哈哈，互相嘲笑对方学的鸡叫难听。花狗对他们视而不见，卧在墙角假寐。然后我们呼啸着冲出村子，向着村外广阔的大草甸奔跑而去。

我曾以为那样的生活，会延续很久，就像我的祖辈们一样，在那个村庄里，在那片土地上，生老病死地轮回着。却没有料到，这一切还没来得及去细细地眷恋，就都成了过往。而城里是另一种喧嚣，不闻鸡鸣犬吠，人们也极少串门，总觉得不自由，被人流、车海、高楼桎梏着，于是我的心日日夜夜地飞回那个村庄。都说时间久了会适应，可我已用了三十年的时间，却依然淡不去那分思念。

有一次路过一个小市场，听到公鸡打鸣的声音，觉得很熟悉亲切。急忙循声而去，见路旁一个大笼子，里面关着许多待卖的鸡，一只黑色的大公鸡正把头从缝隙中伸出来，努力地鸣叫。便觉得有一种悲哀，那叫声也透着悲哀，那是和村庄里自由的公鸡完全不同的声音。我们都被困囿着，身不由己。去年的清明节，回乡扫墓，由于时间紧，没有进村。从墓地出来，便听到一里外的村庄里传来公鸡嘹亮的啼声，还有隐约的狗叫。那一瞬间，许多年前的情景又浮现眼前，想象着是怎样一只乱了时差的公鸡在发疯，又是怎样一条爱管闲事的狗在愤怒，心也乱了头绪。

我喜欢这样的人间，那么生动，哪怕只是远远地看着，就已忘情。

清盼

还没上学的时候，有一次看大姐订的《作文》杂志，有一篇文章叫《我盼1985年》。那作文写得非常好，让我悠然神飞，而且配的简单插图，也是充满了美好。于是，我也那样盼起1985年来，似乎到了那时候，一切都会变得更好。

那样的盼望是如此简单，我甚至很快忘了那篇作文里的内容，却牢牢记住了标题。距离1985年还有5年的时间，那分盼望并不是多强烈，甚至不知在盼些什么，可是那分盼望就那么清澈地在心底流淌着，看着墙上挂着的古老日历时，总会不自觉地神往。

似乎不知不觉就到了1985年，我也从小小儿童成长为小小少年。1984年的冬天，当母亲买回一本新的日历，看到红红的第一页上写着的1985，心中的盼望便立刻汹涌起来。当我终于走进那个红色的日子，心里有一种无由的欣喜，可能是因为一分期盼走到了尽头。我还特意翻箱倒柜找出了那本《作文》，重读了一遍，才发现，作文里所说的种种设想似乎都没有实现。只是，我却一点儿失望都没有，我喜欢的，只是盼望的本身，和盼望的过程哪。

多好啊，那么清澈的盼望，在若有若无之间，总能点缀出一些不期然的希望。多年以后读古诗词，看到“清盼”一词，才知道那是指别人的顾盼，是对别人顾盼的美称。可是，我更愿意理解为一种清澈的盼望，就是纯纯的盼，与欲望无关。

初中时家从乡下搬进县城，环境的变化，陌生的同学，不适应的老师，难以抑制的思念，使我每日里沉默寡言。后来偶然发现了一个去处，可以让心静下来，于是那些闲暇的时光，我几乎都是在萧红故居里度过。看着壁上的旧照，那个小小的女孩，那个安静的少女，那个漂泊的女子，便总会想，她小的时候是不是也会有着一分美好的期盼？

后来读到萧红的一篇小散文《永远的憧憬和追求》，写了一段她和祖父的经历。萧红九岁的时候，母亲去世，父亲对她更不好起来。她说父亲的眼睛也转了弯，每次从他身边经过，自己的身上像生了针刺一样；她说父亲斜视着她，高傲的眼光从鼻梁经过嘴角往下流着。她喜欢大雪的黄昏里，围着暖炉听祖父读诗，喜欢看祖父读诗时微红的嘴唇。每当父亲打了她，她就来到祖父的房里，看着窗外的大雪，从黄昏到深夜。

祖父把手放在她的肩上，又放在她的头上，她的耳边就响起这样的声音："快快长大吧！长大了就好了！"于是她盼着长大，可是长大后的她并没有变好，而是一直被辜负，一直过着流浪的生活。但她从祖父那里知道了，人生除了冰冷和憎恶之外，还有温暖和爱。温暖和爱，便是她永远的憧憬和追求。

站在萧红的石像前，我也忽然明白，有一些期盼只是给了我们希望，所盼的，未必会如约而来。但如果连美好的盼望都没有，人生该是怎样的荒芜和凄凉。我们在清澈的期盼里走过的每一步，都会化作回首时的欣慰与缤纷，那么，即使脚下依然是沉重的境遇，又能如何呢？我们依然会在新的期盼里，走过日月流年。

我也会经常期盼未来的某个日子，当走进那个日子，虽然并没有遇见所想要的，却依然很满足，依然把它看成一个重要的日子，因为，那一天，是我心里的期盼的一个终点，或转折点。

总是不经意地想起，当年小小的我看完那篇作文，不停地问姐姐们："你们盼1985年吗？"

姐姐们总是笑着说："盼啊！到了1985年，我们就长大了！"

是啊，我们曾经那样盼望着长大，虽然长大后遇见了那么多不被预料的坎坷与波折，可我还是相信，长大了就好了。

有一声呼唤穿越地久天长

我至今很清楚地记得，那是寒冬里最长的一个夜晚，我躲在梦的温暖里，忽然，于梦中听到一声呼唤，有人在叫着我的小名，现在早已遗忘了梦里的情节，只是那声呼唤却在心底落地生根。

四十年无人叫的小名，那亲切温和的声音，或许是多年前的爷爷奶奶，或许是年轻的爸爸妈妈，或许是年少的叔叔，或许是童年的姐姐们。那是一个大年夜，我三岁左右吧，家人们围坐在桌前包饺子，我和姐姐们玩了一会儿就困了，躺在滚热的炕上睡着了。不知过了多久，便听到有人在轻唤我的小名，那声音把我从梦里领出来，张开眼，年夜饭已经快要开始了，亲人们都围坐在桌旁，每个人都在甜甜地笑着。

记忆太过于久远，以至于亲人们的容颜都是模糊的，在摇曳的烛光里，真的如梦境一般，可是那种暖暖的感觉却是那么清晰。是那时的那声呼唤吧？穿透沉沉的岁月轻轻地落入我的梦里，我多么不愿意醒来，想多听几声，仿佛自己还是那个小小的孩童，所有的亲人都在，都还年轻。可我却那么快地醒了，醒来已是两鬓飞雪，独自对着漫长的寒夜。

我呆呆地回想，是从什么时候开始，亲人们不再喊我的小名了呢？是上了学后，觉得自己的小名丢人让同学们嘲笑的时候？还是在课本上作业本上工工整整写下自己大名的时候？总之，当亲人们和认识的人们开始叫我名字的时候，我便离童年越来越远了。我多么眷恋那样的黄昏，每家的院子里都飞出长一声短一声的呼唤，各种各样的小名在村庄上空交织成一张大网，我们便一哄而散，各回各家吃饭。

学生时代，老师同学，都是直呼大名，只有同寝室的兄弟，互相以“老几”相称，多年以后重聚，依然是那样叫着，恍惚之间就唤回了青春的时光。走出校门之后，接触的人越来越多，称呼便也多起来。其实，除了那些尊称、头衔、职位之外，总有一个称呼，是独一无二的。

于是，在那个最长的冬夜，醒来后便再也难以入眠。梦里依稀的呼唤声仿佛犹在耳畔，往事融合着夜色，紧拥着我，而心中却起伏着沧桑与温暖，喟叹中微笑，微笑中落泪，落泪中幸福。除了遥远的亲人，除了那曾经声声入耳如今声声入心的小名，更是想到了太多的呼唤。能在这样的夜里，穿越时光之河在我心底响起的，都不会被沧桑篡改，虽然光阴已经篡改了太多的细节，那一声呼唤却永远鲜活如初。

虽然时光和心情都已走远，却总会有一声呼唤像一粒种子般，从心底破土而出，发芽拔节，抽枝长叶，葱茏成无边无际的回忆与眷恋。就如这个忽然醒来的夜里，心绪如窗外的雪花，似从虚无而来，堆积成生命中不可碰触的圣洁遥远。

很久很久以后的一个夏天，走在陌生城市的街头，忽然听到一声轻呼，一下子就牵绊住了我的脚步。转头看，一个年轻的母亲正在叫她的孩子，而那个小男孩的小名竟和我当年的一模一样！明明知道，再不会有人叫我的小名，可是，那个刹那，不再年轻的我却依然被唤醒了所有的岁月。

村庄深雪里

腊月的清晨，很不愿意从暖暖的被窝里出来。却见结了厚厚霜花的窗玻璃外比往日要明亮许多，便知下雪了。于是迅速穿好棉衣棉裤，跑到外屋，推门，不动，用力推，才开了一道缝，闻声而来的花狗把嘴巴伸进来。目光钻出去，只见院子里铺了厚厚的一层雪，把门给封堵住了。

三十多年过去了，再也没有见过那么大的雪了，也没有了大雪封门的惊喜。总是希望，一场夜里突如其来的暴风雪，把人间覆盖成洁白的世界。就像某些时刻，汹涌的回忆，会把过往的岁月濯洗成最美的光阴。

父亲带着我们姐弟三人在院子里扫雪的时候，家家户户的炊烟便开始升腾而起。再大的雪，也淹没不了村庄的炊烟和笑语。说笑之声从每个院子里流淌出来，大家都在清雪，一会儿的工夫，大门外的路旁，便堆起了小小的雪山。

院子里的精灵们是很聪明的。如果是深雪，早晨，除了不安分的花狗和笨笨的猪，它们会趟着雪在院子里游荡，别的小家伙们，比如鸡鸭鹅是轻易不出来的。当然挡不住那些倏聚倏散的麻雀，它们的爪痕会留在树枝上、墙头上。如果想看精灵们在院子里画下的图案，还是需要夜里一场轻轻来过的雪才行。

我们这些小孩子，也像花狗般不安分，或者像猪般笨头笨脑，根本无惧深雪，甚至专往雪深的地方去。吃过早饭，太阳已经很高，房顶墙头以及未清理处的雪便越发晃眼。我打开南园的小门，南园里的雪一般是不清理的，只是扫出一条细细的小路。而今天，那条小路还没有扫，却挡不住我，我迈了进去，第一脚，雪就到了膝盖；另一只脚跟上去，人就矮了小半截。

南园是一路下坡的，到了南边的园门，出去，地势更低，是大表哥家的后菜园。雪更厚，在深雪里行走，比夏天在村西的小河水浅处蹚水更艰难。园子里有一口废弃了的深窖，这么大的雪，竟然没有把它覆盖住。我趟过去，俯身看了看，窖底也有着很厚的雪。旁边有一棵很矮的树，此刻已被雪埋了一半，枝条上还挂了茸茸的一层，轻轻一碰，阳光下便飞舞着七彩的雪粒，细密如雾。

当我深一脚浅一脚地进了大表哥家的院子，感觉鞋里凉凉的。进屋坐在火炉边，脱鞋，把里面的雪抖搂出来，再把脚烤得暖了，才穿上。暖和得差不多了，和大表哥家的孩子冲出门去，直奔野外。厚厚的雪被我们踢得四处飞扬，路上遇见不少小伙伴，于是结伴，在风中，在雪地上，呼啸而过。不知谁家的黑狗也跟着我们疯跑，经常于雪深处没了身躯，便游泳一般四肢刨动蹿将出来，片刻间黑狗变成了白狗。

雪野茫茫，似一张巨大的白纸，足迹如字行，而我们则是一群跳跃的标点，乱了所有的情节。追逐，打闹，摔跤，间杂着狗的叫声，北风和寒冷也变得生动起来，融入了我们的快乐。我们不顾鞋子和衣服里都进了雪，就那样疯玩着，直到都累得躺倒在雪地上。那条黑狗也卧在深雪里，只露出头来，张大嘴巴喘息。

躺在雪地上，我转头去望村庄，隔着几粒雪，村庄便似被雪埋没了大半，依然有炊烟升起，那炊烟仿佛凝固在空中，便知道又到了午饭的时间。回去时路好走了许多，来时杂沓的脚步，生生趟出了一条细细的路来。到了村外的大路上，遇见村里的一个大伯正赶着马车出去，两匹马呼出大团大团的白雾，似乎根本不在乎雪的深浅，大伯叼着烟袋，长鞭甩得噼啪响，两匹马就越发跑得精神。

村里路上的人也多了起来，似乎都不惧寒冷，见面打着招呼，笑着，农闲时节，有的人家一天只两顿饭，便走东家串西家，坐在热炕头上唠嗑，说着那些经年不变的鸡肥狗瘦、家长里短。任外面雪再厚，也埋没不了话题与谈兴。

吃过午饭，我们依然出去，却不再去村外，而是在村里闲逛，或者不停进出一些小伙伴的家。这个时候，就能看出每户人家勤劳与否。有的人家，从院里到院外打扫得干干净净，而有的人家，则任雪铺陈着。庭内外的雪不扫，便仿佛夏日里满庭恣意生长的蒿草，透出一种废弃般的荒芜。

我们就那样走着，跑着，在被雪覆盖的村庄里，不知何时，就长大了。长大了，就离开了。仿佛那样大的雪也离开了，不知去处。几十年后，思念故乡，也思念大雪，深雪里的村庄，便成为心底永远如童年般回不去也找不回的故乡。

夜夜叶叶

总是想起儿时的夏夜，晴朗有月，或者群星满天，村里的大院里放着露天电影。吃过晚饭，天还没黑下来，我们就出发了。出门前，都习惯性地隔着院墙，伸手折一片阔大的向日葵叶子，用来扑打无所不在的蚊子。一路上的大人小孩，拿着一片向日葵叶子，兴奋地边走边扇。

村里大院里人很多，挤挤挨挨地坐着或站着，并不很大的银幕挂在两根立木之间，上面正变幻着色彩和情节。有时候我会挤出人群，回头看，每个人都在摇着叶片，空气中也流动着淡淡的清香之气。很多年过去，每想起看露天电影的夏夜，影片的情节早已模糊，记忆中都是那些轻摇的叶片，和微微的香气，便觉得恍惚不已。

看完电影回家，夜已经深了。躺在土炕上，时有长长的风从敞开着的窗口潜入，送进满屋的清凉和南园里菜蔬的气息。然后，就听到一阵细细的声音，唰唰地响。我知道，声音来自邻家园里那几棵高大的杨树，此时此刻，满树的叶子正被风儿唤醒，彼此依依低语着。睡不着的我，仔细分辨着树叶发出的声音，想象着是哪一棵树上的叶子更活泼一些。

一直到夏末，只要是晴好的天气，夜里依然开着窗。我记得有一个夜晚，很黑，黑得躺在炕上的我可以看见窗外比平时更多的星星。清风依然不知疲倦地钻进来，南园的气息已带着成熟的味道。刚刚朦胧欲睡的时候，忽然觉得有什么东西落在我的脸上，拿在手里，是一片树叶。不知是哪一缕风把它带离了哪一棵树，又悄悄地送到我的枕畔，第一个告诉我关于秋天的消息呢。

也是一个夏夜，大姐带我从另一个村子的叔叔家回来。开始还是星月满天，我俩要穿过一片不大的草甸，中间一条弯弯的路，那些草极高极茂盛，我们的脚蹚过那些伸出来的草叶，有柔柔痒痒的感觉。偶尔会路过小小的池塘，在月色里，可以清晰地看见水中丛丛簇簇的草影。我俩轻快地走着，牵着一路的风，伴着一路的蛙鸣。快要走出草甸的时候，夜色一下子浓重起来，连蛙声的潮也退了，抬头，星月都没有了踪影，似乎是大片的乌云弥补了夜的漏洞。然后一阵小雨从虚无中飘落下来，我和大姐加快了脚步，看到前面隐约有一棵树的影子，便跑到了树下。

我们倚在树上，看不到雨的身影，雨又无处不在，很奇妙的一种感受。只听见雨滴撞在树叶上的声音，仿佛凌乱的足音，正踏醒每一片树叶的梦。明天太阳升起的时候，天地间的草木庄稼，一定是一片很新很新的绿了。过了十多分钟，雨随着乌云走远了，月亮又出来了，星星也一颗接一颗地亮起。我们走到草甸的边缘，回头看，竟看到了一幅如画一般的景象——明亮的月光下，草甸里的每一片草叶都在闪着点点晶莹的光，如梦如幻，让我刹那间有一种错觉，以为满天的星星都落进了草丛里。

走过一小段土路，便走上了横穿玉米地的一条窄窄的毛毛道。我和大姐一前一后地走着，两旁的玉米已经比人还高，长长的叶片伸过来，不停地拂着我们的脸，很轻很柔，就像是风有了形状。浓郁的庄稼气息围绕着我们，有时会听见田地深处传来的轻微响动，似乎是叶片脱落的声音，又似乎是有人在里面轻轻地穿行。心里便有了些微的恐惧，脚步也加快，走得越快，两旁的叶子便越热切地挽留。长大以后，回想玉米地深处的声音，觉得那应该是庄稼生长的声音，拔节的声音，或者，是庄稼被我们的脚步声吵醒后的呵欠声。

走出玉米地，一下子舒畅了许多，村庄已近在眼前。回望走过的路，已在夜色里隐没，可我却觉得，许多的心情都留在了路上，留在了路过的每一片叶子上。夜里的叶子，黯淡了色彩，模糊了形象，可它们却一直都在，摇曳着，美丽着。

就像三十多年后，回望走过的那些路，也都已隐没在岁月的尘埃里，同样，许多的心情也都留在了途中。而那些在回顾间眷恋着的情愫，虽然也渐渐地黯淡了情节，模糊了细节，可依然会给我一种温暖的感动。

每个晴好的夜里，我依然会开着窗子，像少年那般憧憬着，会有一片老宅的叶子，随着一阵很长很长的风，走过千里的路，飞进我的窗口，落在我的脸上，给我带来故乡的消息。

等待采撷

三四月，我们这里依然冰封雪盖，依然大雪纷飞。今年的四月下旬，我在朋友圈里发了一个雪花飞舞的视频，引来许多人的称奇赞叹，不少人评论说，我们的国家真是太大了，大到连季节都无法同步。而我们这里花开燕回之时，节令已经过了立夏。

花开燕回之时，山里便热闹起来。许多的野菜争相破土而出，人们呼朋唤友地进山，每一天都满载而归。二十年前，初来小兴安岭时，我惊讶于野菜的种类之多，绝大多数都是我闻所未闻的。在故乡的大平原上，这个季节，大地上也会生长出很多野菜，却都是最平常的种类。

最多的就是婆婆丁了，它们无处不生，低头便可遇见。太常见了，便也常常于人们的目光中游离出去，虽然也会采来吃，却从不觉得珍贵。少年的我曾经有过这样的假设，如果婆婆丁从大地上消失，人们也许才会于回忆中感叹它的珍贵。就像一些极为熟悉的人，一些极为熟悉的事物，在熟视无睹之中无感，一旦消失了，才会感受到一种无法弥补的空缺。

还是小小少年的我，曾经注意到村西的一处洼地里，每年都生长着许许多多的婆婆丁，根本无人去采。每次从那里路过，我都会看一下，一直看到它们从青绿嫩芽到开出一地的小小黄花。开花的它们，便更没有人采了。夏天快过去的时候，我看到那里是一片的白，每一株上，都举着由无数小伞攒聚而成的圆球。一阵风过，小伞便漫天飞舞。也许那就是蒲公英白了头的梦想吧，也许那就是它们遍布大地的缘由。

小兴安岭那么多的山岭，那么多的野菜悄悄生长，它们等着人们的采撷。只是，即使进山的人再多，采来的，也只是极少极少的一部分，不到亿万分之一。那些在人们足迹之外的野菜，空老一生，是幸还是不幸？若它们有知，每一年的这个时节，它们是不是都在等待着一双惊喜的眼睛和一只伸过来的手？就像秋天饱满的庄稼，等待着幸福的镰刀。

想起自己开始写作的那些年，也有着如许的等待，希望有一双眼睛能欣赏自己的文字。在茫茫的文学海洋里，自己的那几滴水，不知何年何月才能走进别人的心里。曾经那么在意，似乎也是一种希望，却更像是一种羁绊，常常让自己的心静不下来。也是某个初夏里的春天，忽然想起故乡小村西边的那片蒲公英，或许它们并没有什么所谓的等待，它们生长，开花，结实，飞翔，一年一年，丰盈着，放飞着。山岭中的那些野菜也应如是，自然而然心无牵绊才是生命本来的样子。

一直认为，只有得到别人的认可，或者让别人看见，才能体现自己的价值。只是，价值不应该是自己本身就具有的吗？怎么会因为别人的看见与否而有所变化呢？而且，价值，也不只是对别人有用与否，更应该是自己对自己的一种认可和肯定。就像满山的野菜，正是因为有了它们，人们才进山去采，虽然只采了亿万分之一，也不能说明只有被采的那些才是有价值的。正是因为所有野菜在山里生长，才对人们构成了一种吸引力，这也是价值所在。而且，它们装点了山岭与季节，丰盈了自己的一生，更是真正的价值。

所以，我还是坚持着写作，虽然写作的人那么多，可是，只要我自己觉得在写作的过程中，精神愉悦，生命充实，便觉得是值得的。而等待，可以是若有若无之间的事，顺其自然。就像那些白了头的蒲公英，虽然无人采撷，却依然努力结出自己的种子，一年年地放飞。

比刹那更短，比时光更长

一个寒夜的梦里，散乱的情节却温暖了一枕的冷清。醒来默坐，窗外依然是飘飞的雪和小兴安岭腊月的寒流，而心底却像落了一场雨，所有曾经的点滴片段，仿佛静静地滋润了一生的时光，从来不需要想起，却一直在心底盎然。

有时候，刹那间的一点光一滴暖，都可以成为生命中永不消散的感动。

沿着时光的脚步追溯，我看到了最初的那个刹那。那个时候，刚刚从农村搬进城里，完全不同的世界展现在少年的我面前，便生出许多起起落落的黯淡心绪。或许是自卑心理的影响，在学习方面毫无优势后，我便开始用偏激的行为来引起别人的注意。有一次和别人打架后，我被老师叫到办公室门口罚站。当时心里正愤愤不平，老师教训了我几句，转身开门进屋时，我看见他嘴角扬起一丝笑意。门关上的瞬间，一句他和别的老师说的话从门缝里挤了出来："这孩子和我小时候特别像……"

那一刻，心上的茧壳片片剥落如花。老师曾经那么多的严厉话语，那么多的语重心长，都不及这无意间的一丝笑意、半句闲话。许多年以后，再见曾经的老师，已是垂暮老人，从没提过以前的事。或许他不知道，正是他当年的微笑和话语，使一个叛逆的少年从此改变。在另一片海阔天空里，那点滴的感动与触动，洗亮了所有的黯淡。

短短的一瞬，影响着长长的一生。或许每个人的生活中都有着类似的情节，看似遗忘，却一直在散发着温暖与力量。就像不经意落在心间的一粒种子，不知不觉中已生长成郁郁葱葱的希望和美好。

就像一个朋友所说，一直自闭，一直恐惧，一直防备，这是她从小到大的常态，只因为她是孤儿。关于家，关于亲情，她只是从书中知道概念，却无法理解其中的意蕴。就这样一直到高中，她几乎一个朋友都没有。就算别人善意的结交，她也是冷漠以对。那时班上有个女生是城里人，家境很好，对她也总想关心，可是不管怎么真诚，她都不予理会，她只觉得是怜悯。高三的某一天，那个女生找到她，之前女生好些天没来上学，女生深深地看着她，第一句话就是："现在咱们一样了，我也成孤儿了！"

原来，那个女生的父母在一场车祸中双双身亡。朋友说，只那一句，就让她打开了心扉。并不是因为女生真的变得和她一样，而是女生眼中那一刻的真诚和失落，她不想别人和自己一样。就算是相依为命也好，反正从那之后，世界在她眼中慢慢地变换了，她知道了那些在亲情之外更多弥足珍贵的情感。

对于朋友来说，那个女生刹那的目光，穿透了所有成长迷茫的岁月，照亮了以后所有的路途。那短短的瞬间，如一只温暖的手，轻轻地叩开了心里那扇冷漠的窗。

想起曾经写过的一件事。邻家大伯很健谈，可是每年中总有固定的一天，终日无言。后来我们知道了原因，却是久久震撼。他的父母都是聋哑人，有一年冬天，父母带着六岁的他去爷爷家过年。半路上，汽车忽然出了故障，慢慢地滑向山路下的深谷。车门无法打开，人们砸开车窗时，车身已经向下倾斜。大家纷纷挤向车窗向外跳，父母护着他拼命挤到车窗前，两双手将他推了出去。他回头看，父母眼中全是不舍和牵挂，脸上却带着微微的笑意。

从此，每一年的那一日，他都会禁言一天，以体会父母当年的沉默无声，脑海中全是汽车坠崖那一刻父母的眼神与笑容。邻家大伯就是用这样的方式，怀念着那分爱与悲情。

足够了，漫长的岁月中，哪怕有过一个能融入我们生命的刹那，所有的日子便都有了意义。不管风雨起落，长路长夜，那分感动，那分爱，都会延伸向永远，成为心心念念间最美的心灵家园。

第五辑

岁月——青山独归远

我知道，终有一天，我会归去，
心中的远方已是故乡。
只是，在芳草连天中，
当我独自走向遥远，
会不会也牵扯着一束难舍的目光，
而那一抹夕阳，
会不会温暖我沧桑的身影。

低头见花

有些东西，只有低下头来，才会发现它们的存在和美丽。就如尘埃之中，那些被忽略的闪光之珠，又似回首时，眷恋着的，总是那些不经意间的寻常点滴。

在夏日的山岭间攀爬，至山顶，四望都是峰峦起伏，长风浩荡，单调的苍凉与沧桑漫卷心头。低头，见谷间丛丛簇簇的灿烂，那些幽幽的花儿，就在这样不期然的时刻，与我的目光猝然相连。于是，高处的寂寞与孤独消于无形，那些年年开且落的幽谷之花，把一种心绪点亮，把一种感动暗放。

有的人，在境界上，或者在道路上，远超众人，于是有了高处不胜寒的喟叹。其实那只是一种性情上的缺失，他们过多地注目于高处，从而错过了许多开在尘埃里的花。可那些在低处默默存在着的事物，却无比的宽容，它们就在那里，只要低下头，就会与美好相遇，就会给人带来一种全新的心境。

有一年去一个大草原的深处，碧草连天，极远极淡处，天之蓝与草之绿交融于一处。驰心骋怀间，为无边的绿而震撼，也为其无涯而感到怅然。此情此境之中，极想看到一点别的色彩，来缓冲那种千里万里的单一。同行的旅伴忽然惊喜地叫："看，脚下的草里有花！"于是大家都低下头看去，那些狭长的草叶间，生长着一种不知名的小花，没有指甲大，黄白两色，此时却是如此明亮地装点着我们的眼睛和心灵。

而更多的人，更像那些深谷之中或草叶之下的小小花朵，终其一生平凡，就连那花儿也毫不张扬，湮没于芸芸众生之中。可是，却很少有人抱怨，其实也并没有什么好抱怨的，只要能努力开出自己的花，即使再小再素淡，也是芬芳美丽的一朵，也会在某个瞬间，落入别人惊喜的眼中。如此，就足够了。就算无人用温柔的目光把那些花儿轻抚，只要绽放过，就无悔。

每一个生命都是一朵花儿，每一个生命也都是一个赏花者。在匆忙的行走中，别忘了时常低下头去看看那些美丽的花朵，同时也努力让自己的生命芬芳四溢，期待在某一天，映亮某一双落寞的眼睛。

相互洇染，相互温暖。我们与那些花儿的距离，我们与那些美好的距离，其实只隔着一低头的空间，只隔着一低头的瞬间。

长忧身后书无家

也许很多人如我一般喜欢藏书，先细细地看过几遍，然后小心地放进书柜。我每年都买回很多新书，所谓的新书，不一定是第一次出版的，更多的是古书的新版，只是为了重温、收藏。我也会买一些旧书，对于旧书，我一直有着一种别样的感情。

我曾经经常流连于旧书摊或者旧书店，那时一是因为旧书便宜，再就是常有令人惊喜的发现。有一年我买回来一本很厚的《唐宋词大鉴赏》，是一九八几年出版的。书里居然夹着一封信，有两页纸那么长，折叠着夹在书里，信纸已经泛黄，没有日期，也不知过了多少年了。我饶有兴趣地看那封信，看着看着，就觉得心里很沉重。

写信的是个男人，写下这封信的时候好像年龄已经很大了。信是写给他儿子的，他儿子从小就不喜欢看书，虽然他的藏书很多，儿子却几乎不看。他很担心，并不是担心不读书的儿子，而是担心他一辈子收藏的那些书，在他死后，儿子会不会留下来。他为那些心爱的书的命运担忧，信中写道："如果你能看到这封信，说明那些书还在，我会很欣慰，如果没有看到，我也不会知道了，也就谈不上有没有遗憾……"

虽然表面上说得云淡风轻，可还是从字里行间，读出了许多的无奈与凄凉。特别是信的最后一段，不是写给他儿子的，而是写给"我"的："你好，正在看信的陌生人，说明这本书已经到了你的手里。你肯定是个爱读书的人，因为能买这么旧的书，而且是诗词方面的，那就不是一般的读书人。书在你的手里，我会很高兴，虽然只有这一本，可它找到了一个很好的家。而我其余的那一万多本，却不知道有几本会有这样的好运……"

我心情很沉重。看这封信的时候，我的书还没有太多，却都是我的宝贝，搬了几次家，一本都不舍得丢掉。如今，更是积攒了太多，真是越多越欢喜，哪怕不看，就是坐在满架的书下，也觉得幸福无比。我经常是这样的状态：阳光从窗子涌进来，我静静坐在书架下，捧着一本书看，有时抬起眼，看着那许多书，心里欢喜不已，就像自己拥有了巨大的财富一般。所以，也就会随之生起一个念头：如果我死了，这些书的命运会怎样？

我不知道我的两个女儿会不会留存这些书，其实也不是爱不爱书的问题，如果她们将来远走高飞，这些书怎么办呢？于是欣喜之余，就有了一分烦恼和担忧。也有人会说，这种担心纯属多余，人死万事空，还惦记那些，是自寻烦恼。只是，说说容易，却总不能控制地去想。

那些书是属于我的，以后，如果真能有像那本《唐宋词大鉴赏》那般的命运，该多好！而且，如果没有书中的那封信，我都不知道这本书是谁曾经拥有的。有一次我整理以前淘来的那些旧书，在有些书的扉页上，发现盖有藏书章，便受了启发，也求人刻了一枚藏书章，不过我并没有像前人那般，起一个很美或者很有寓意的名字，而是直书己名。也是有着私心，想着就算我这个人没了，可我的名字还可以和书一起留下。只要这些书不是全进了废纸堆，那么不管到了谁的手上，只要翻开，都会看到，是有个叫包利民的人曾经收藏过的。如此，也算是一种安慰吧！

也有很多人买很多书，却不是真正喜欢读书，而是把书买来，整齐地摆放在高档书柜里，甚至连塑封都完好。他们喜欢书，并不是喜欢书中的内容，而是把书当成一种比较高档的摆设。家里仿佛书香满盈，实则胸无点墨。我想，他们丢了书，肯定不会心疼，如果心疼，也是心疼买书的钱。我觉得，如果书有情绪的话，它最大的悲哀，不是在双手的抚摸中破旧苍老，也不是被看过后辗转多人之手或者被遗弃，而是从没被人翻阅过。这是书的不幸，也是拥有这本书的人的不幸。

这样一想，便也就释然了。我的那些书，都已看过好多遍，它们已经在我心里安了家。我曾拥有过书，书曾被我用心地读过，在心里的就不会失去，即使有一天离开这个世界，那些书不管流落何方，它们也曾有过温暖的家。既然我和书没有互相辜负，那么，我就没有什么可遗憾的了，相信书也没有。

醒着的梦

每次回到故乡的村庄，都有一种走进梦境的感觉。也许因为我离开的时候正是少年，也许因为刚刚懂得眷恋就要告别，所以有着刻骨铭心的思念，那分思念并没有因为岁月的延伸而变淡，反而越来越浓。

其实，自从离开，我回去的次数极少，似乎就三次。而最后一次回去，也是二十多年前了。想来真是无限感慨，世事的变迁，光阴的漫漶，磨灭了那么多的情怀，篡改了那么多的梦，而故乡，却一直在生命最柔软处，任多少的风尘也湮没不了。

最后一次回去时，大学还没毕业，正值暑假，三舅妈过生日。下了汽车，步行九里路，正是夏末，行走在乡间的土路上，一种巨大的亲切感紧紧拥抱着我。无边的田地，散落的村庄，成熟的庄稼，身处其中，心里极为平静和安稳，许多烦扰着的心事早被长风吹散。穿过了两个村庄，身后跟着鸡犬之声，我的村庄就已经在望。走过村西的那座大坝，坝北的小水库依然还在，那里曾是我们的乐园。大坝坡上的树也依然绿着，却比从前粗了好些。

从西边进入村子，依然是土路，并不平整，布满了车辙和牛羊的蹄痕。路北的第二户，就是我的故园。土墙土房，房顶的苫房草，南园北园，似乎都是原来的样子。我站在柴门外，一时有些恍惚，感觉那条黄花狗随时都会摇着尾巴跑出来，还有年轻的亲人们，似乎也还在屋里谈笑。多想走进去，只是，那再也不是我的家园，熟悉的院落，却是满满的陌生。

那时，离开已十年，改变还不是太大，遇见的人，还都能认识，十年的时光，把少年变成青年，而对于成年人来说，变化还没到不能相认的程度。多少次梦回的地方，此刻，这个梦就在眼前，真真实实的，就像是梦醒了，梦中的情景还在。我能叫出每一家曾经的姓氏，只是不知现在，那些房子里是不是还住着那些人。

到了三舅家，亲戚们来了很多，大表哥家的三儿子，比我还大两岁，是我童年时最好的玩伴。我们两家以前是前后院，后来先后搬离村庄。饭后，我俩在村里闲逛，每一个地方，我们都能回忆起许多往事。再次来到故园的门前，目光抚过院子里的每一处，多少的足迹重叠着，心情的每一次碰触，就会唤醒一些过往。我觉得自己仍是那个小小少年，正放学归来，正要走进那片美好。

不敢在故园的门前久留，我怕自己的心丢在那里再也找不回。我俩又去了村南，以前村南是一大片草甸，向南一直铺展到松花江边，东西望不到尽头。那里有着无穷的神秘和乐趣，池塘密布，水草丛生，野鸡野鸭，甚至还有狼出没。如今全没了，放眼望去，都是水稻田。我们无言地看着，那些掉进水里的月亮，落在草丛里的星星，挂在树上的风，大地上奔跑的斜阳，再也不会遇见了。就算那些还在，也遇不见那些无忧无虑的少年了。

转悠到村北的时候，太阳已经偏西。村北的那些树还在，长长的一带，我们当年总来这里玩儿，树间是清静的小路，每一次都是夜深了才回去。树更粗壮了，我们那时在树上刻下了许多名字，也有我们的名字。我俩在林间寻找着，那些名字都已经随着树的生长而模糊难辨，就像那些远去的往事，可是刻在我们心上的印痕却是那样清晰，一笔一画都有着新鲜的疼痛。林中那样静，现在村里的小孩都不出来玩了吗？我俩慢慢地走着，怕与曾经的那两个小孩猝然相遇。

那个晚上，我们睡在亲戚家里，很久都没有睡着，怎么会这么静呢？大草甸上如潮的蛙声呢？檐下燕子的呢喃呢？风吹过时那几棵老杨树的低语呢？连醒着的狗也不叫一声，躺在故乡的怀里，却没有了过去的温暖。是我回不到过去了，还是故乡已经抛弃了我？不知何时已入梦，梦里却是儿时的种种，醒来的清晨，梦里梦外都是难言的虚幻。

如今又是二十年过去了，我再也没有回去过那个村庄。母亲有时回去走亲戚，回来时，我就不停地打听。便知道，村庄更陌生了，村西的小水库没有了，大坝变成了公路，村里的土路消失了，草房绝迹了，当年一般大的伙伴，都已进城做事，当年的中青年，已成老年，当年的老年人，都已谢世。如果回去，很难有认识的人了，物不是，人亦非，现在的我走在村里，该会是怎样地一步一痛?

今年清明节回乡祭祖，祖茔在离故乡六里外另一个村子，那是父亲的家乡。离开的时候，远远地望着我的村庄的方向，我竟不敢绕路去走一走。我怕鬓染秋霜的自己，与面目全非的村庄相遇，连醒着的梦也惊散了。

草间一梦

你有没有过在大地上睡着了的经历呢？特别是童年少年时，躺在大地的怀里，一颗无忧的心便会与无边无际的广阔融合，生长出蓬勃的梦。即使醒后忘却，心底依然会余留一种莫名的温暖与欣喜。好像有什么美好的东西在萌动，顷刻就要破土而出。

很怀念那样的情景，虽然岁月的尘埃埋没了许多往事，却总有一段时光依旧如水澄澈。就像我曾做过许多情节完整、清晰无比的梦，而那些梦早已散若云烟，一直记得的，却是在大地上醒来时那些被遗忘的梦。没有情节，甚至没有细节，可就是那分隐约和朦胧，却穿透了漫长的光阴。似乎当时唯一记得的，就是怎么醒来的。

总是在夏天的午后，在大人歇晌儿的鼻息声中，我悄悄溜出门，走进漫天洒落的阳光里。也不怕热，慢慢地走，踩着温热而干硬的土路，踩着凝固的牛羊的蹄痕，一直走到村南的大草甸上。这是属于我一个人的时间，一个人的乐园，奔跑，欢呼，天高地阔，即使和伙伴一起的时候，也没有这样轻松而自由。经常是疯跑疯玩儿了很久之后，再加上热，便累了困了，于是就找一块比较干净的草地，随意地躺下来，便觉得周围高高的茂草都变成了森林，我就躺在枝叶之间，渐渐地迷糊起来。

有时候，家里的花狗也不肯午睡，和我一起跑出来。然后，它也跑累了，就躺在我身边，闭上眼睛睡得很快，耳朵偶尔抖动一下，或惊跑蚊蝇，或分辨着一些我听不见的声响，似乎随时都能醒过来。我不知道狗会不会做梦，如果做梦，它的梦里又会是些什么呢？它又会不会记得它的梦？还是像我一样，醒来就忘了？

有时，是被从高空掉落下来的鸟鸣砸醒，睁开眼，那只路过的鸟已飞到南边一朵云的下面，把我的目光也牵到很远的天边。梦的大门一开，各种声色又把我包围，我只觉得心里平静悠远，就像飞鸟所到达的那片远天。似乎是做了一个同样旷朗的梦，却是绞尽脑汁也打捞不起一丁点儿的细节。

有时，是被一缕顽皮的风撞醒，愣怔片刻，才发现风已经踩着草尖跑远了。我看着风的足迹，忽然想起，似乎是做了一个有关成长的梦，也像风一样游走天涯，却又看不分明，只是心中充盈着一种成长的渴望。

有时，是被耳畔的虫声唤醒，或一只蛐蛐，或一只蚂蚱，或蚂蚁踩翻了草叶，或蜂儿迷失在叶的丛林，总之，醒来就看到一个迷人的小小世界，就在我的脸旁。心里也有一种感动与之呼应，仿佛刚才梦见了一个童话般的家园，有一些美好溢出梦外，与身边的草虫世界纠缠在一起。

有时，是被流水的声音敲醒。一阵清凉，把阳光都冲淡，流水声那么清晰，恍惚间以为河流就在身畔，就在耳边。清醒后坐起来，水声便隐去了，那条小河在村西，离这儿还很远，只是，刚才我怎么那样真切地听到它的轻唱？或许是梦中出现了一条河吧？此时依然有着淡淡的怅惘，就像那条河的流逝，带走了许多眷恋着的东西。

更多的时候，我是被夕阳的脚步踩醒。似乎只是刹那间，就日已夕暮。呆呆站在草甸上，看着离西边地平线已经不远的太阳，感觉大地昏暗苍老了一些，而我也好像长大了一些。却有着一些难过，无奈，伤感，这些情绪从来不曾有过，睡前的欢笑无忧，虽然只隔着一个短暂而迷茫的梦，却是那样遥远。我就站在一片苍茫之中，生命中有了第一分沉重。

许多年以后，当我趟过了很深很深的岁月之河，在鬓染飞霜之后，在某个黄昏，独对夕阳，忽然就记起了当初那个小小少年短短的草间一梦。梦见自己老了，看着西沉的太阳，感慨无限。如今，人生已过半，我离当初的那个梦也越来越近了。多希望这几十年的风尘如一场无痕的梦，醒来时，眼前只有夕阳，我依然是那个小小少年，心底依然在伤感着，努力去回忆刚才做了一个怎样的梦。

只是，伤感归伤感，一切总是不可能重新来过，除非是一个梦。说起梦，便觉得，虽然空对日西沉，可是群星就要亮了，梦也要来了。有梦如约，就好。

遗失在草丛里的玻璃球 //

一直记得那件事。

十二岁的我兴冲冲地走向村外，手里紧紧攥着一个玻璃弹珠。去镇上姑姑家，表弟送给我十几颗玻璃球，其中有一颗特别漂亮，里面不是那种普通的带颜色的花瓣，而是五颜六色不规则的形状，在阳光下五彩缤纷。我爱不释手，不管走到哪里，都会拿着它，生怕放在家里丢了。

村外有一个大土坡，坡很陡，坡顶是一片小树林，下面是茂盛的草地，不远处是一条唱着歌的小河。这里是我的乐园，不和伙伴们一起玩的时候，我就经常来这儿，寻找着一些只属于一个人的乐趣。我摆弄着那颗玻璃球，它的表面极为光滑，没有一点儿破损，因为和伙伴们玩弹珠的时候，我从不舍得用它。我一会儿把它举在阳光下，看那五彩的光团落在胳膊上，落在草叶上，落在地上；一会儿又轻轻抛起再接住，或者把它紧贴在眼睛上，透过它去看变了形的世界。

忽然就萌生了一个想法：这个我极其喜欢的玻璃球，如果丢了，再找回来，会是什么样的感觉？于是，我闭上眼睛，背对着土坡，把心爱的玻璃球向后扔出去。听见轻微落地的声音，我立刻睁眼转身，在那一小片草地里寻找。心里有一种慌张和急切，当终于看到它的身影，心里升腾起巨大的喜悦，那种失而复得的感受，真是太难忘太让我留恋了。于是，每一次去那里，我都要做这个游戏，一次比一次抛得远，每一次的寻找，都充满着希望和幸福。

这一次，我依然是在把玩了很久之后，像以往一样向身后用力一抛。我在草丛里仔细地翻找，心里并没有第一次时那种紧张感，也许是因为每一次都能找到。结果，这一片草地被我找遍了，依然不见踪影。我便有些急了，细细地又搜寻了一遍，还是没有。我就慌了起来，急急地在更远的地方找，可是玻璃球却像是凭空消失了。我停了下来，定了定心神，来到刚才站着的位置，拿了一个小土块儿，用了相同力气抛，看看大概落在什么位置。然后我就在那个范围内重点寻找，只是直到天快黑了，还是没找到。终于，我迈着沉重的脚步回家了，心里满满的失落。

那以后一连好些天，我都去那里找，每一片草叶，每一寸土地，都被我的目光和双手筛了无数遍，可我那心爱的玻璃球，却不知逃去了哪一个空间。秋天深了的时候，草都干枯了，我又去过一次。最后，终于绝望了，心里后悔不迭。

在许许多多岁月里，很多东西都是这样丢失的，也终于明白，不可能一直那么幸运下去，不可能一直体会失而复得的快感。随着时光的苍老，也渐渐地懂得，那种游戏般的故意的失去和得到，并不是真正的快乐，而无意中丢失的，在某一天忽然又找回，才是最大的幸福。

就如梦想一般，起初的时候，是那样地热爱，那样地痴心，走着走着，在一些岔路口，我们便故意选择了别的方向。其实并不是迫不得已，也不是因为梦想不再有吸引力，而是觉得另一条路会更好走。我们总是选择容易走的那条路，而不是选择想走的那条路。当我们在选择的那条路上走累了，有时会怀念，甚至会回过头来重新去寻找遗失在路口的梦想。但回到曾经的地方，却再也找不到曾经的梦想。

游戏的次数多了，梦想也厌倦了，它最终把我们抛弃了。就像童年的那颗玻璃球，在我一次又一次地丢出之后，便再也找不回来了。

离乡二十年后的一个夏天，回到故乡的村庄去办事，在那个酷似从前的午后，我一个人走向村外，一切都是那么熟悉，一切都没有改变。站在我曾经的乐园里，那些草还在恣意地生长着，就如昨日。只是，昨日的少年已不在，只有历经风霜的我站在曾经的地方，心里重叠着太多的岁月。经历了人生的许多宠辱之后，回想童年时的得失，才觉得那竟是生命中最大的眷恋。

我蹲下来，像当年那个惶急的小小少年般，在每一丛草之间寻找。我竟然找到了！仿佛是冥冥中的指引，我在草地边缘轻轻挖了几下，那颗圆圆的玻璃球就宿命般出现在我的眼前。二十年的风霜雨雪，二十年的风尘漫漶，并没有让它化土成尘。我在小河里洗净了它，它依然毫无破损，依然在阳光下闪烁着五彩的光。这一刻，我终于知道，什么是真正的失而复得。

把这颗二十年前的玻璃球捧在掌心，带着岁月的沉重，也带着最初梦想的光，心上的尘埃飞尽，眼泪淌下来，像身畔这条清清的河。

不见来时伴

我记得那个遥远的晚上，本来都快睡了，一个同学来找我，不像以前那般嬉皮笑脸叫我出去玩儿，而是很严肃地要和我说几句话。当时我们刚上五年级，正是疯玩的年龄，真不知他会找我说些什么。

于是那个很年轻的秋天，那个夜里，在月亮底下，两个小小少年坐在村南的大坝上，面对在黑暗中漫无边际的大草甸，迎着如潮的蛙声，说着以前从没说过的话。他问我想不想立志成材，我说想，他说那我们就一起努力吧。两个乡下少年，忽然有了这样的想法，想要跳出黑土地上的村庄，想要努力学习考大学。我们都很激动，约好从明天开始，早早起来，到这里来读书。多年以后回想，那么清澈的心思与理想，那就是志同道合吧？

第二天早晨，我拿着书来到村南大坝上，他正在那里等我，于是我们就坐在树下，静静地看书，新鲜的阳光和清脆的鸟鸣在身畔洒落。那样的日子，我不记得坚持了多久，后来我家搬进县城里，便和他失去了联络。

在城里读初中，一切都是陌生的，一切都是从头开始，渐渐地，有一个同学和我关系亲近起来。他的脑海里总是有着与众不同的想法，也经常有一些与众不同的行为。于是，我的沉默，他的孤独，让我们走到了一起。常常在放学后，我们步行去呼兰河畔，或者西岗公园，对一河流水，对满目树荫，无言静坐，或者自说自话，偶尔也会讨论一些奇奇怪怪的问题。也许在外人看来，这是两个奇奇怪怪的少年。

现在回想起来，那时我们两个在一起，更多的是一种心灵上的相伴。我们也曾说起自己的理想，不管听起来多么高远，可是谁也不曾嘲笑谁。那些说过的话，在大地上遗落了太久，回忆中一片荒芜，只是，心底深处的某个角落，总会有一种触动，像一颗种子正在醒来。

上高中之后，我们去了不同的学校，便也接触得越来越少，终是走远。长长的路上，总会有人走散，也总会有人先离开。只是成长过程中的相伴，虽然彼此丢失，却是心头永不消散的眷恋。回想我的少年时代，除了那两个一起走过一段的人，似乎便觅不到足迹了，仿佛一片荒芜。可是当心绪回到久远的从前，却依然能遇见一种温暖，原来，一片荒芜中的一个情节，便会灿烂整个青春。

大一那年的暑假，回故乡的村庄参加一个亲戚的婚礼，亲戚家里人声嘈杂，我便在村里闲走，寻找旧日的足迹。在那个我们儿时经常玩耍的大坡道附近，忽然就遇见了那个曾经的少年。我们就那样互相凝望着，只是曾经的影子都已经很浅很淡。我们说了很久，提起曾经的同学，说没有几个一直坚持读下来的，都唏嘘不已，他也早就辍学了。那一刻，我的心底却一直在回放着当年的那些清晨，我们在大坝上读书的情景。也许他心里也在回忆，他的叹息一声声落在地上，溅起无边的伤感。分别的时候，他转身的瞬间，低低地说，真是太遗憾了。

他的叹息也一声声地落在我的心上，便觉很沉重。我知道，一个人梦想的破灭，会有着怎样的无奈与感慨，也许，那是浓得一生都化不开的苍凉。

也是一个夏天，那时我已经大学毕业，也是偶遇初中时的那个伙伴。那个晚上，我们一起回忆往事，那些理想，我不说，他也不说，提起时，便一瓶一瓶地喝啤酒，用酒去浇灭那些疯长的伤感。他讲述着这些年的经历，那是怎样的一种偏离啊，与曾经那个与众不同的少年心底的方向背道而驰。

那个晚上，我们喝了那么多酒，都没有醉，可是，心却似乎朦胧了。仿若一种时光的错乱，现实与梦想不停地切换，便觉得刹那芳华之后，是多么长久的谢幕。

故乡的伙伴在感叹，我一路读下来，并上了大学。初中的伙伴在感叹，我正在实现当年的梦想。其实并不是我多能坚持，也许是我比较笨，想做一件事，就一根筋地做下去，就这样走到了今天。

我一直觉得，那些在来路上失散了的同伴，如果想，尽都可以找回。可是，心底曾经陪伴过温暖过的梦想，如果失散了，还来得及找回吗？还能找回吗？

夏日午后

不肯午睡的我，坐起身向窗外看去，一片火热的寂静。听着家人都响起了轻微的鼾声，便下了土坑，拿起木头小板凳，悄悄溜出房门。坐在阳光流淌不到的地方，折一根阔大的向日葵叶片，当扇子不停地摇着。

阳光慵懒地趴在墙头上，卧在地上，把院子里的精灵们都赶去了别处。鸡鸭鹅都躲进自己的小房舍中，猪在房后的一堆泥水中酣眠；花狗蜷缩在门后闭眼假寐，檐下巢中午睡的燕子的呢喃声偶尔落下来，砸得它的耳朵倏然抖动。一朵云都没有，太阳慢腾腾地老半天也挪不了多远，园子里的果蔬，墙角的青草，也都蔫蔫地打不起精神；那些苍蝇蜜蜂蜻蜓倒是如我一般，精神得很，不知疲倦地忙碌着。

我坐在阴凉里无声地感受着，非常享受这样的时刻，那么静，一切都那么轻缓而又美好地发生着。劳累了一上午的人们都睡了，只有我坐在那儿看着，想着，其实也没有想什么，思绪飘忽。别人看我都是经常发呆的样子，从小到大都是如此，这种若有所思的状态，常常让我的心很自由地驰骋。

就像这一刻，满院阒然，我的心仿佛飞到了高空，俯瞰着这个在大地上睡着了的村庄。正幻想间，被突如其来的鸡叫声惊回。家里的一只芦花母鸡刚刚生了蛋，正飞上墙头，不停地欢呼。它叫得停不下来，于是把别的精灵都从梦里拉了出来。渐渐地，院里热闹起来，午睡的人们也醒来了，走出门，阳光也不再慵懒，而是欢快地追逐着满地的影子。

在一个异乡的夏日午后，我坐在野外的林间，想起三十多年前那个小院里的夏日午后，路过的风里，都是岁月的味道。同样的夏日，同样的午后，却是情怀迥异。也许风尘的覆盖之下，再不会有那样清澈的目光，去抚摸眼前温暖的万物。

其实早没有了那样的闲情，在别人都午睡的时候，一个人静静地坐在光的阴影里，坐在光阴里，任神思飞扬。我还记得来时，是怀着怎样沉重的心情，迈着怎样沉重的脚步。那时太多的失落，太多的迷茫，并不是工作上生活上的，而是心境上的。总是不知道到底怎样才是真正的热爱，或者知道了真正的热爱，却面临着取舍。

坐在林中，斑斑点点的阳光和时断时续的鸟鸣，落在身前身后，偶尔慌不择路的风，冲撞着一路的树木扑面而来。而这一切，似乎都与我无关。虽然我知道，即使我在树下沉思一天一夜，也不会豁然顿悟，可我依然无法把目光和心思融入这个美丽的夏日。不久之后，我辞去了工作，可我知道，那与这个夏日的午后无关。之所以记住这个午后，是因为它是我心情沮丧达到一个顶点时刻的背景，就像写着最沉重话语的那张纸。

那个夏日午后，记录着我生命中某种状态的极致。很奇怪的，虽然当时的神思都沉入内心的困惑中，对外界仿佛无感，可是许久以后，回想起来，却能清晰地记得那些阳光鸟鸣，还有一地生动着的碎影。

五年前的夏天，也曾有一个午后，没有阳光，天薄薄的阴，水便也显得有些灰暗浑浊，我坐在岸边的草丛上，身后是一片青葱的树林。我坐在这七月的天地间，泪落如雨。满心都是父亲的音容，过了近三个月，我终于相信，父亲不在了。虽然从病重到去世，我都在父亲身边，可是我一直觉得他没有离开。

在那个薄阴的午后，在无人可见的泪光之中，我与父亲完成了最后的告别。所以，那一天就成了一个纪念日，也隔断着前后不同的生活状态和心理状态。

虽然在我的生命中，已经度过了那么多的夏日午后，可是能让我记住的却寥寥无几。时光从来都不可预知，所以便总会有着一种希望。以后的日月流年里，一定还会有着让我能记住的夏日午后，不管是怎样的心情心境，都会如一盏灯，照亮岁月里的深情眷恋。

青山独归远

绵密的夕阳从远山的顶上铺陈过来，于是那条曲曲弯弯的路便亮亮地生动起来，而渐渐远去的身影，在青山与斜阳之间，在送行之人的眼中，默默地写下了一种眷恋。

这个场景，并没有出现在我身处的小兴安岭之中，而是在童年的大平原上。村庄和松花江之间，是漫无边际的大草原。在东南方不知多远处，是一簇山影，在晴好的阳光下，可以清晰地看见淡青色的山，山上没有草木，大朵大朵的云在山顶游荡。久居平原的我们，经常看着那簇山影出神，如果有人说曾去过那里，我们便流露出无尽的羡慕。

那个夏天，一个远房亲戚来家里，他就是从山影那边而来，渡过松花江，走过不知多少里的大草原，才来到我家。和父亲对坐饮酒的时候，他便讲着那边山里的种种，我们听着听着，便悠然神飞。亲戚离开的时候，是在一个云霞满天的黄昏，苦留不住，他说这个时候走路凉快，而且他还要到江边的另一个村子办事。于是送到村外，他踩着一地的夕阳走进大草原，向着青山的方向，渐行渐远。

那时我还是小小少年，只是那个向着青山远去的身影，却永远镌进了心里。对远方未知的渴望，就在心底如种子般悄悄萌动。在成长的岁月中，远行与送别，一直是我向往的场景。读初中的时候，音乐课上，老师弹着老旧的脚踏风琴，先唱了一首《送别》，然后逐句教我们。那是我第一次听这首歌，歌词和旋律一下子便落入心底，轻轻碰触着梦想。

“长亭外，古道边，芳草碧连天。晚风拂柳笛声残，夕阳山外山。”

依然是夕阳青山，依然是远行与相送，而且，长亭古道，芳草萋萋，如果有一天我也独自行走在这样的古道之上，伴夕阳远山，随青草而漫游天涯，该是怎样的惬意。也许很多人少年的时候心底都有一个流浪的梦，觉得是那么浪漫而美好，自由自在。看三毛的书，心早已飞越千山万水，而脚步却被桎梏在原地。心里总怅惘不已，于是在日记中写了太多的梦与遗憾。

虽然知道《送别》是一部电影的插曲，可是当我看到那部《城南旧事》的时候，已然不再是少年。看了电影，又看了书，忽然明白，有一种远行是不知不觉的，有一种送别也是悄无声息的，那便是时光里的成长，当意识到时，才发现，已离曾经的自己那么远，那么远，远成岁月深处的微尘，无法重来。

蓦然回首间，在遥远的异地登高远望，喟叹乡关何处时，才发现，原来，我离开故乡那么久、那么远了。以前那么渴盼的远方，如今身已在，故乡却已成远方。只是，我怎么忘了过程，仿佛时空突然错乱了一下，我便已人在天涯。

小时候遥望并向往的那座青山，依然在那片大平原的尽头站立着，我依然没有去过。而我却在这小兴安岭的深处，生活了二十年。很多的远行，都不是想象中的模样。后来终于明白，在各种交通工具发达的年代，很难用脚步去丈量所有的来路。没有足迹的连接，便如荒芜的那段时光，隔断着憧憬与回望。

我知道，终有一天，我会归去，心中的远方已是故乡。只是，在芳草连天中，当我独自走向遥远，会不会也牵扯着一束难舍的目光，而那一抹夕阳，会不会温暖我沧桑的身影。

角落里盛开的青春

下课铃声一响，我们冲出教室，一部分跑向厕所，一部分跑到校园的西北角。我也是每堂课下课都去，那里是一片很大的空地，是停自行车的地方。靠近墙根处有一棵很老的榆树，夏天的时候总是绿荫满地。

这里我们班的男生最多，因为我们的教室离得较近。那些自行车支靠在架子上，我们各自选一个，坐上去，一只脚蹬着车架，一只脚晃荡着，或谈论某个女生，或者互相说些不知真假的秘密。我们说笑的时候，有个男生从不参与，他也不坐在自行车座上，而是站在邻近的那个教室的窗外墙边，拿着一把口琴不停地吹。翻来覆去吹的就是一首曲子，当时很流行的《跟着感觉走》。

我们都知道，他在暗恋一个女生，现在已经不记得那个女生长什么样了，是我们隔壁班的。他总是用这种方式，想引起那个女生的注意。我们曾无数次拿他取笑，直到后来都厌烦了，便不再理会他。可他吹了一个夏天，吹得身后老榆树上的榆钱儿都掉光了，吹得那首曲子我们都听得快吐了，也没见那个女生同他一起“跟着感觉走”。倒是有一次，那女生从窗口探出头来，说了句：“谁这么讨厌，下课就吹口琴，还让不让人看书了？”我们都笑，他也没受打击，依然坚持吹。

有时候我们会评论哪辆自行车好看，有一辆自行车特别显眼，我们当时骑着上学放学的，都是那种很高大带横梁的，而那辆却很小，没有横梁，造型也美观。我们猜测这肯定是哪个女生的。有一次，我们正说得开心，忽见一个女生远远走过来，大家立刻都往那边看。那是我们的校花，每天课间操站在台上领操的领操员，许多男生的心仪对象。她无视我们的目光，走到那个坐在最好看的自行车上的男生面前，那个男生在我们羡慕的眼神中，兴奋得脸都红了。校花却冷冷地说：“别坐在我车子上！”

那男生尴尬地从车子上下来，我们夸张地大笑，校花白了我们一眼，袅袅娜娜地走了。可能一直没受影响的，就是窗下吹口琴的老兄了。这老兄的精神很是令人敬佩，只是有一天，那已经是秋天了，身后老榆树的叶子都快掉光了，他忽然就不吹口琴了。我们问他，他也不说，坐在我们中间，偶尔和我们谈笑，却总是不自觉地往那扇窗口看。有一天，窗口出现了一个女生的身影，他起初还很激动，结果并不是他朝思暮想的那一位。

窗口的女生我们都认识，隔壁班很有名的一位，留着很短的寸头，乍一看像男生，而性格也和男生相似，嘻嘻哈哈，大大咧咧。她看了我们一眼，然后就从窗口消失了，不到一分钟，她就出现在我们面前。她对那个吹口琴的老兄说：“我知道你喜欢谁，这样，咱俩比倒挂单杠，要是你赢了，我肯定帮你的忙，我和她最好了！”

那老兄明显动心了，也不顾我们在旁边，追问着：“真的吗？她能听你的吗？”

“那肯定啊，你打听打听，她和谁最好，最听谁的？”寸头女生很自信地说，然后话锋一转，“不过咱们要先说好了，要是你输了，你就得剃成光头！你敢不敢为了她赌一下？”

我们在一旁起哄，劝男生和她比，看来这老兄为了爱情也是拼了，立刻就跃跃欲试。我们簇拥着他俩去另一边的单杠那儿，没走出多远，上课铃声响起，我们都很遗憾，他俩匆匆约好中午早点过来，进行比试。这堂课我们都上得心不在焉，那个老兄更是心神不定。中午回家，匆匆吃过饭，就急急地往学校跑。

大家都来得很早，他俩也来了，二话不说就开始比试，一人一个单杠，他们熟练地倒挂在那儿，就看谁坚持的时间长。不得不佩服寸头女生，真是比男生都勇猛，似乎毫不费力。而再看我们那位老兄，就似乎有些相形见绌，他满脸通红，腿都有些颤抖。一看时间，还不到五分钟。我们大声加油助威，让他想着那个暗恋的女生，就会有力量了。又过了五分钟，老兄明显坚持不住了，即使我们再摇旗呐喊，他终于还是败下阵来，垂头丧气的，仿佛希望落了空，寸头女生很仗义地拍了拍他的肩膀：“放心，你输了，剃光头，我照样帮你！”

第二天，这家伙果然剃了个光头，看来是够痴的。结果被学校一通批评，他编了个长头癣之类的理由，还故意涂抹上些药水，这才平息下来。这以后，我们在角落里聚谈的时候，就会有一个很亮的光头在其中，特别显眼。他依然经常看向那个窗户，眼里冒着希望的光。不知道寸头女生帮他说了没有，我们一问，他就沉默。后来倒是听说他和寸头女生来往密切，有人还看到假期里他们一起去公园玩儿。那个角落因此又生长出许多猜想和笑声。时光匆匆，中考临近，什么寸头光头的，都被我们渐渐抛在了脑后。

许多许多年以后，青春已遥远得看不见，一次聚会，当初的很多同学都在，而那个男生就挨着我，我问：“你现在还吹口琴吗？”一瞬间，就点燃了所有人的回忆，那个存放自行车长着老榆树的角落，那群笑着的少年，那些忧欢的往事，便都一一重现。那个男生说：“早都忘了口琴咋吹了，有快三十年没碰过了！”说完一声叹息坠落下来，惊起了层层的岁月尘埃。我们也都沉默，时光的旅程里，我们丢了太多的东西。

生命总是这样，我们一直向前走，走得那么快，走得只剩下了回忆。

目光的河流暖了

一

上学的时候，有个老师特别冷漠，很少见他笑，不管是对学习好还是学习不好的同学，都是一副冷冷的脸孔。对我也是如此，虽然我当时成绩非常好。

每次考试，即使得了满分的卷子，他也会很轻蔑地对我说：“这不算什么难题，本来就应该全对，没什么值得骄傲的！”有时候，他会即兴在黑板上写一道难题，据说是在竞赛中才会有的难度，然后点我们去黑板前解答。我被点名的次数最多，答对了，他也只会轻哼一声，答错了，就是很刻薄伤人的一番轰炸。

次数多了，我也就习以为常，面对老师冰冷的目光，已经能够很坦然。有一次上课，写完了课堂布置的习题，我就拿出课外的练习题来做。结果被老师发现了，他拿起来仔细看了看，然后问：“谁让你做课外题的？做完了作业就可以做课外题吗？这是在课堂，不是在你家！”

那天他似乎心情不太好，站在我旁边说了老半天，同学们都偷偷地笑。我忽然很烦很生气，当他又一次问：“课堂上的你都学会了吗？就去做课外的题！”我抬起头，同样很冷淡地说：“都学会了！”话一出口，我为自己的大胆吃惊，然后就很后悔，很恐惧，等着迎接一场狂风暴雨。

没想到，就在我抬头的时候，在同学们把目光都聚集过来的时候，老师竟然笑了，竟然对我笑了！虽然那笑很浅，如微风拂过水面，却是那样温暖，就像寒冷的冬天里忽然开了一朵花！我愣住了，同学们也都愣住了，在大家惊讶的目光中，老师走回了讲台。

至今我也不知道，老师当年为什么笑，可是那笑容却一直温暖着我。虽然后来他还是经常训我，可我却一点抱怨都没有了。

二

同学们背地里都说，她的眼睛是两块冰，凝固不动，如果看向谁，目光中的寒冷便会把谁送进冬天。她是个孤儿，对任何人任何事都有着强烈的戒备心，也从不信任任何人。她没有朋友，独来独往，当时她的班主任是个三十多岁的女老师，对她特别好，可她一点儿也不回应，也不领情。

她很讨厌别人同情她，对她好，似乎觉得那是别人在可怜她。十三岁的她，就有着这样强烈的自尊和自卑。可是，班主任对她是真的好，虽然她抗拒，虽然她发脾气，虽然她不留情面地当众对老师说“你少管我”，可老师一直都不生气，也不因此而改变对她的关心。

每次讲到有关亲情的课文，或者做有关亲情的阅读理解题，虽然她都听得懂，看得懂，可心里却很茫然。从没有体会过家的感觉，亲情的温暖，有时她会想，如果家是福利院那个大院，如果亲人就是大院里那些同样的孤儿，那么，她宁可不要家，不要亲情。

转变发生在那次家长会上，这还是现在的班主任接手这个班以来的第一次家长会。以前开家长会的时候，她是最难过和冷漠的一个，她就坐在最后面的角落里，看着同学们紧挨着自己的爸爸或妈妈，那些甜蜜幸福的神情，总是让她恍惚。放学时，别的同学都挽着父母一起回去，她却一个人背着大大的书包，慢慢地往回走。

这次家长会，她一样坐在教室后面的角落，做好了旁观的准备，在喧闹的教室里，在亲情的海洋中，她的心里却一片荒凉。这次的失落感特别强烈，或者不应该说是失落，因为从来就没有得到过。

家长会开始，老师看了看，问是不是所有同学的家长都来了，大家都看向角落里的她。老师也看向她，然后走到她身边，拉起她的手，说："今天，我就是你的家长！"

教室里一片寂静，那个刹那，她忽然觉得心里一疼，看着老师的笑脸，感受着那只手的温度，眼泪就淌了下来。她眼里的两块冰，融化了。大家知道，她也知道，她的冬天，终于过去了。

大姐的三个拥抱

恍惚间，曾经的岁月便已走远，而我们，也都已不再年轻。汹涌的时光，把流年里许多的情节细节淹没，只是大姐的笑脸一直清晰，在漫漫的尘烟中透过来，温暖如昨。

大姐只比我大五岁。

大姐很安静，不像我和二姐那么吵闹，每次二姐带着我出去玩儿，她也不动，似乎外面没有什么可以吸引她的。有时候，她会把我叫到身边，教我认字写字，那时候的我对学写字特别感兴趣，大姐也很有耐心，因此，我很早就学会写字了。

我小时候就很犟，大姐更是，而且她特别有自己的主意。她生病，要打针，当时我们都极害怕打针，大姐更怕，死活不打，后来大人按着她把针扎上了，她把针一下子就拔了出来，跳窗户跑了。那时大姐不到十岁，因为这个脾气，有时候给父母惹急了，也挨打，挨打也不服。

由于我和大姐脾气有些相似，所以有时候说着说着就会吵起来，激烈的时候还动手，二姐就在中间使劲儿地拉着挡着。只是不出一两个小时，很快就烟消云散，我就又缠磨着大姐，去看她订的作文书，或者看她画画。大姐作文写得好，也缘于她看书多，我那时候也识了许多字，囫囵吞枣地把大姐那些书看了。有时候实在看不懂，就让大姐给讲讲。

每次我和二姐从外面回来，都看到大姐坐在那里，静静地画着什么。凑过去看，花草树木，什么都能画，都是她自己照着学的。我们最喜欢看她画的古代美女，似乎是照着墙上的年画画的，高高的发髻，长长的裙裾，飘舞的袖子，顾盼的眼神，我总觉得那应该是奔月的嫦娥。大姐写字好看，还能自己设计一些字体，让我羡慕不已，我对写字画画感兴趣，就源于大姐。

而更多的时候，大姐闲暇时是在绣枕套。那样的时刻，我静静地坐在一旁，身畔栖落着午后的阳光。白色的枕套紧绷在圆形的花绷子上，旁边各种彩线，大姐拿着长长的针，一针一针，把那些彩线绣进去，也把我的目光绣进去。许多年以后，当我回想，和大姐这样相伴的时光，是那样的静美，一如午后细细碎碎的阳光。

那些洁白的枕套上，都是各种花儿蝶儿鸟儿，也有字，比如“喜上梅梢”这一类。那些花样和字体，都是大姐自己设计的。大姐是沉默的，可她的内心却是如此灿烂。

我从一个孩童长成小小少年，依然经常和大姐吵架。那个夏天，早已忘了为什么，我们吵得很厉害，后来谁也不理谁。下午的时候，老舅带着徒弟在屋里给我家打家具，我和大姐相隔不远，在一旁看热闹，二姐早已不知跑去哪里了。偶尔瞥了大姐一眼，她正飞快地移开目光，似乎她也在偷看我。当时一缕阳光从窗子照进来，落在她的头发上，闪着细细密密的光。我没来由地涌起一种很特别的感受，便轻轻地叫了一声："大姐！"

我那么轻微的声音，还隐藏在周围的斧锯声里，却还是被大姐捕捉到了。她看向我，眼中全是询问，我便又叫了一声："大姐！"并看向她的眼睛，她的脸上慢慢漾起笑意，然后也叫了一声："老弟！"我就笑，大姐也笑，我们相对着，傻傻地笑。

我们就那样笑着，不言不语，如忽然花开，洇染了许多的心情。

有时候，觉得和大姐这种吵吵闹闹的日子，就像走过的那些路程，平淡中却有着别样的滋味。

后来我家搬到了县城，中学的时候，有一段日子经历了一些不被预料的事，我很是失落，每天都是闷闷地沉默。苍白的青春，如风雨中挣扎的花草，等待着我的，不知是凋零还是绽放。

那时大姐已经结婚，每次回家来，她虽然不说什么安慰的话，却总是用柔暖的目光，抚摸着我的心事与忧伤。那个春天的中午，我坐在窗外的阳光下，看着墙角的那一丛青草发呆。这时大姐从阳光深处走来了，走到我身边，依然什么也没说，依然温暖地笑，然后递给我一本很薄的书。我看书名，《少年维特之烦恼》，正是这本书，陪伴我走过了许多的寂寞时光。

印象里，最温暖的，是大姐的三个拥抱。

或许，更遥远的往事，已超出我的记忆之外。虽然隔着那么多的尘烟，总有一个情节，是一个温暖的开端，把那些美好一一串起，在我的生命里，一点一滴地汇聚成永远的眷恋。

大姐第一次抱我，是我四岁的时候。那个下午，我自己在炕上跑着跳着，忽然就一脚踩空，摔了下去。右前臂尺骨桡骨全都骨折，去县城治疗回来，胳膊吊在胸前，大姐极为小心地抱起我，很心疼的表情。那似乎是我第一次，从大姐的神情中看到了关爱。

第二次，家已经搬到另一个村庄，母亲阑尾炎，去县城做手术，住院，家里就剩下我们姐弟三人。大姐二姐就当了家，干活，做饭，照顾我。我极为想念父母，那一天更是特别想，然后就闹腾，怎么哄也哄不好，大姐只好抱着我，直到把她累得淌了汗，我才平静下来。

有一年妻子生病，我们回哈尔滨看病，大姐和姐夫每天都陪同着。检查结果出来的时候，我木然地离开医生的办公室，姐夫在旁边鼓励开导我，而大姐，并没有说什么，只是抱住我，就像儿时那般。

那是大姐第三次抱我，仿佛我依然是那个无助的孩子，依然有着胆怯与惶恐。可是大姐就那么默默地抱着我，在她的怀里，多少落寞伤怀，多少世事寒凉，都被温暖一一驱散。

也许，在大姐的眼中心里，不管我到了怎样的年纪，都依然是曾经那个倔强的孩子。而我，也依然那么留恋，不知什么时候，大姐会再拥抱我一次，一如当年。那么，已鬓染秋霜的我，眼中又该有怎样滚烫的泪。在这半生里，大姐曾拥抱过我三次，而我却只为大姐流过一次泪——

大姐结婚的那天，当客人散尽，坐在空落落的角落里，我忽然就哭了。

我的大姐就是这样，很少表达对弟弟妹妹的爱意，只是在某些时刻，用默默的行动来表达，用一个拥抱来诉说。

有一种温暖只能想象

每次在公园、在河边，看到老大娘们带着孙子孙女或者外孙外孙女，一边散步一边轻声说话；有时是在家门前，或看着孩子玩耍，或给孩子讲故事，心里便羡慕得紧。我最大的遗憾，不在于具体的人生得失方面，而是在我小的时候，对奶奶和姥姥的印象极为模糊，而那分别样的爱与温暖，没有在我生命的最初留下印痕。

对于奶奶，只有两个片段，在遥远的记忆里存在着，就像定格了的画面。可能是我三岁左右的时候，大我十二岁的叔叔刚刚学会骑自行车，便偷偷地用自行车带着我在村外玩，结果我们都摔倒在林中小路上。叔叔一个劲儿地告诉我，回去千万别和奶奶说。只是回去后，我没说，却依然被奶奶发现了，奶奶拍打着我身上的尘土，抱着我，把叔叔训斥了一通。

还有一次，也是那么大的时候，是除夕夜。不知为什么，那么多幼年的日子都像是蒸发了一般，只有那个除夕夜留了下来。那个夜晚并不是灯火通明的，因为长年停电，屋里的北边，吊着一只古老的马灯，灯下一张大桌子，家里的大人们围坐着包饺子。叔叔带着我和姐姐们在南炕那里玩儿，玩一种铅笔那么细手指那么长的小蜡烛，我们叫磕头燎。小蜡烛五颜六色，把它们点燃，放在炕沿上，小朵小朵的火焰排成一排，像许多生动的花儿。不知怎么搞的，我的衣袖忽然被点燃了，姐姐们都惊呼，叔叔拉着我直奔外屋的水缸而去，想把我的胳膊插进水里。大人们赶过来把我袖上的火拍灭，然后，奶奶劈头盖脸地把叔叔又骂了一通。

场景都很清晰，可是人物的脸却很模糊，特别是奶奶，似乎只是那么一个隐约的身影，看不清表情，就像长大后许多次梦见的一般。虽然家里保存了一张奶奶的黑白照片，照片上的奶奶眼睛很大很好看，可是那张脸却一直无法与记忆中的形象重叠。

对于姥姥，则更是连零星的记忆也没有。姥姥家在六里外的另一个村子，妈妈说，我小时候，她经常抱着我回娘家，姥姥很喜欢我。只是，我用最大的力气去向时光的更深处漫溯，那里却依然是一片空白。后来，一听到别的孩子念儿歌：“拉大锯，扯大锯，姥家门口唱大戏。接姑娘，唤女婿，小外孙也要去……”心里总会涌起一种很复杂的感受，似乎是失落，又似乎是向往，又似乎有着回味。

姥姥的样子，我从来都是连模糊的感觉都不可得，在想象中，她的身影也是若有若无。后来在仓房的一只箱子里，翻出一张很古老的照片，依然是黑白的，那时似乎很少有彩色照片。照片中有姥姥、表姐和两个姐姐。仔细看姥姥，很亲切慈祥的一个老太太，梳着一个发髻，虽然坐着，也能看出个子并不高。两个姐姐一脸幸福地笑着，看得我心里也很温暖。越看姥姥的脸，越是亲切，却也越觉得遥远。

奶奶在我四岁左右的时候就去世了，没多久姥姥也相继而去。我再大一点时，家就搬到了姥姥家所在的村庄。姥姥家门口没有戏台，也没有了姥姥。我只有一次又一次地在爸爸妈妈的讲述中，去了解两个老人的故事。有时候和姐姐们相聚闲谈，她们也会说起一些小时候在奶奶和姥姥身边的事，总是令我羡慕不已。

后来，家搬进城里，姐姐们相继结婚，两个外甥女小时候经常在我家里，妈妈很疼爱她们，后来她们会说话，每天都叫着姥姥，我的心里便荡漾起回忆，也涌动着遗憾。再后来，我的两个女儿在奶奶家住了一年，那时她们也是刚会说话不久，也是整天把奶奶挂在嘴边。她们回来和我讲，有一次奶奶带她们出去玩儿，下雨了，奶奶抱着她们两个往家里跑。我很是动容，有奶奶和姥姥陪伴着长大的孩子，是幸福的。

对于我来说，在成长的过程中，少了这两个人，就是最大的遗憾了。有时我会恨自己，记不住三四岁以前的事。那些记忆里缺失的情节，那些生命中遗忘的细节，我只能在想象里，在梦里，一一补足。然后，靠着它们温暖我所有的日子。

第六辑

思念——深携进心灵的目光

我多想牵着春风的手，
走过千里路，
走回三十多年的岁月，
走进那一扇扇熟悉的窗，
再看看年少的我们，
看看年轻的父母，
看看我们无忧的笑容。

明月照雪 //

很浓很浓的夜，黏稠的黑暗缠绕着我们小心翼翼的脚步，已记不清要和姐姐去哪里，只记得长长的风里流淌着看不见的寒冷。忽然在某个瞬间，月亮便挣脱了云层，点亮了我们的影子，也点亮了不远处迎面而来的比我们更小的两个身影。

那两个孩子更是小心翼翼地走着，女孩手里捧着一只很大的碗，更小些的男孩轻轻地用手虚护着。快到近前，我对姐姐说："那个碗里有个月亮！"姐姐仔细看了看，笑："那是粥里的鸡蛋！"

这姐弟俩是给父亲送饭，父亲夜里看守瓜地，他们家比较穷，可是那一碗稀粥里的鸡蛋，却让我的心里涌起一股莫名的温暖。我凑过去，仔细向碗里看了看，大声对姐姐说："除了鸡蛋，还真有一个月亮哪！"姐姐和那对小姐弟便都向碗里望去，那个月亮正在碗里轻轻地荡漾着。我们都笑了，笑声洒落在路上，联结着我们相隔越来越远的身影。我不停地回头看，看他们慢慢地走进月光下的那片瓜园。

我还记得余下的路程，我和姐姐四处找月亮，路旁的小小池塘，经过的小河，甚至彼此的眼睛里，寻找的过程，快乐便莅临了这个夜晚。多年以后，当那个夜晚一次次穿过重重的岁月在心底重现，才明白彼时的光阴与月夜，是多么清澈无忧。而在成长的岁月中，在生活的变迁里，依然与月亮同行的夜晚，却缺少了曾经的风致，又平添了许多的苍凉。

十二岁的某个冬夜，大雪初停，我和父母从十多里外的镇上回来，穿过相邻的村子后，眼前豁然开朗。一大片雪野在月光下醒着，随着断断续续的风，一会儿朦胧，一会儿清晰，远远望去，可以看到家乡的村庄还亮着几点灯火。走在旷野里，我才注意到天上的月亮是那么圆，如一只柔波流淌的眼。我急切地寻找着大地上那条熟悉的河，本来就很瘦的小河，在冰封雪盖之下完全隐藏进了冬天，只有细看的时候，才能捕捉到它隐隐约约的身影。

父亲和母亲边走边说着一些事，我跟在他们身后踩着他们的脚印，一步步接近着村庄。一想到家里旺旺的火炉，滚热的火炕，还有姐姐们等待的神情，便觉得北风雪原都不再寒冷。月亮把我们的影子倾斜着重叠在一起，父母的声音被一团团白气裹挟着从我耳边划过，抬头，看到月光正爬在他们的帽子上肩上背上，身影便越发生动起来。

如今回望那个遥远的明月照雪的夜晚，生命中便会生长出丛丛簇簇的眷恋。在那样纯净的心里，即使寒冬的月夜，留下的依然是温暖的记忆。总是想着，如果没有变迁，没有离散，那么无论圆缺，月亮就总会如一颗少年的心般柔软吧。

隔着数不清的日月流年，那年中秋的月亮依然会弥漫过来。一家人从亲戚家看完电视出来时，月亮早已爬上来了。乡村的月亮总是离人那么近，我们边走边讨论刚刚看的电视剧，它就一直跟着听着。月光下，我看到有个孩子爬着梯子去屋檐下掏麻雀窝，看到一驾马车响着铃铛从下道颠颠儿地跑过去，听到一户人家里传来喝酒划拳的声音，听到谁家的女孩在唱《十五的月亮》。这个夜晚，村庄是醒着的。

还未到院门，花狗早已从墙头上跳出来，和它的影子一起奔跑在铺满月光的土路上。花狗在我们身畔上蹿下跳，一缕风掠过去，它略停了一下，抬头看了一眼月亮，然后继续撒欢儿。院子里一片阒然，除了花狗，禽畜们早已悠然入梦。关上房门，把花狗和月亮也关在了门外。

现在偶尔夜里回来，关上门的瞬间，常常会有刹那的错觉，仿佛门外有着娴静的月和活泼的狗。多么希望在这个夜里生长一个梦，梦里牵着月亮的手，一步一步走回遥远的岁月和村庄。

奔跑的伤

//

小时候特别喜欢和伙伴们一起玩古代战争的游戏，拿着自制的武器，满村子跑。那时每天听收音机里的评书，《三国演义》之类的，对于那些大将纵马驰骋沙场的情景神往不已。邻家倒是有一匹小白马，可是大人不让骑着玩，这让我们的战争少了许多乐趣。

有一天在我家院子里正玩着，家里的几头猪饿了，嗷嗷叫着跑出来求食。我们立刻眼前一亮，猪很大，可以骑猪打仗啊！我们曾试过骑狗，只是狗太不强壮，而且不老实，所以放弃了。于是大家纷纷扑向猪，可是猪远没有狗灵活，我抢到了最大的那头白猪，骑上去，它很强壮，居然驮得动我。回手一拍猪屁股，嘴里喊着“驾”，没想到猪的动作太快太灵活，一下子蹿了出去，把我甩在了地上。

看来古人驯烈马，我今天也得驯猪，让它服了才能乖乖认主。于是我跑过去，把猪抓住，再次骑了上去。四处一看，有的伙伴还在四处抓猪，猪们号叫着满院乱窜，有的已经骑在猪上，有的也被猪掀翻在地。一时乱哄哄的，我紧拽住猪耳朵，它受了惊一般猛跑，速度极快，吓得我伏着身子，最后还是被抛了下来。正吵闹得欢，父亲从屋里出来一声大喝，立刻，人猪皆逃。

我从地上爬起来时，伙伴们都没了影儿，猪们也大多跑了，只有一头猪似乎跑不动了，瘫在那儿哼哼着。父亲走到近前，轻踢了那头猪两脚，它只是屁股坐在地上，两条前腿立起，用力向前拖着后半个身子走。这头猪看来是“掉腰子”了，也就是胯部或者腰部关节脱臼，我一时有些害怕，知道闯了祸。想偷偷溜走，却发现伙伴们都在墙头外探头探脑地看着。

父亲拿起一个鞭子，我吓了一跳，伙伴们也都把头瞬间缩了回去。只是父亲并没有走向我，而是拿着鞭子直奔那头猪，用力抽在它身上。我惊呆了，伙伴们也在墙头上睁大了眼睛。父亲用力地抽着，猪惨叫着，用力向前爬，随着一鞭一鞭地落下，它也越爬越快。父亲撵着它打，它两条前腿用力跑，后腿也拼命蹬着，跑着跑着，它忽然就站了起来，很快地跑没影儿了。

然后，父亲告诉我们，猪掉了腰子，就得强迫它用力跑，它的力气用到极限，跑到一定速度，它的关节便一下子归位了。而靠人力推拿，太费劲儿，而且还不一定弄得好。这是祖辈流传下来的一个办法，非常实用有效。我们听得新奇，伙伴们也都不知不觉重又回到了院子里。

后来在世事的风尘里辗转，也曾经历了太多挫折，受过太多伤，那是多少安慰也治愈不了的。只能逼着自己不停地向前奔走，因为越是停下来，越是闲下来，就会越痛。就这样不停地走，走着走着，伤就好了。所以不能自怨自艾，更不能自暴自弃，要强迫自己，要对自己残忍一些，因为只有梦想才会让我们忘了痛苦，只有长路才能治愈我们的悲伤。

最好的朋友，曾经当过多年的猎人，他经常给我讲山林里的事情，那是一个我不曾了解的神奇世界，常常让我神游其中，流连忘返。有一次他说了一件奇事，他们曾多次捕捉到小野猪，他发现小野猪的屁股上密布着疤痕。他感到很好奇，就想弄明白这些疤痕到底是怎么来的。我听了也是猜测不出，在成年野猪们的保护之下，小野猪怎么还会受伤呢？

他留意观察，终于找到了答案。野猪群经常在山里奔跑，或为了觅食生存，或为了躲避危险。小野猪便在野猪群里跟着一起跑，它们太小，经常会跌倒，会跟不上，会停下。可是大野猪丝毫不娇惯它们，每当它们停下，公野猪就用尖尖的獠牙挑它们的屁股，逼迫它们继续奔跑。就是这样，小野猪在不断地受伤中努力奔跑，终于奔跑成体质强健的大野猪。

或许，这才是一种真正的爱吧，在我们的成长和生活中，有谁没有受过伤呢？很多时候，被迫也好，挣扎也好，正是伤痛给了我们力量，使得我们在长长的路上一直走下去，走到伤愈，走到疤痕成了花朵，走到只属于我们自己的远方。

捕风与捉影

一

小时候最喜欢在风里奔跑，特别是春天的时候，天地间浩浩荡荡满是东风，我们这群孩子就是在东风里游荡的鱼。那时经常一阵风吹来，我就跟着风猛跑，虽然风跑得更快，可我依然追着它，想要抓住它的尾巴。

等长到小小少年，更是突发奇想，想着怎么把一阵风留住。也试了许多办法，却都抓不住那一缕清凉。有一次用一个大塑料袋，迎着风去装，这是受《西游记》电视剧里风婆的风口袋的启发，虽然装满了风，却总觉得少了什么。打开鼓鼓的塑料袋，不见一丝风钻出来，袋子却瘪了。终于懂得，风如果不流动了，就不再是风了。被捉住的风，不动了，就死了，放了它们，它们也不会再刮走。

后来我知道了怎样在无风的时候找到风，于是经常举着一面自制的旗子奔跑，跑得越快，旗子飘得越直。原来风一直都在，只要你奔跑，它就会来了。直到看到老叔自己做了一个风筝，并成功地把风筝送到天上，我才发现，让风筝一直和风一起飞，这也许是捉住风的最好的办法了。和老叔说起，老叔认为还有一个更好的办法，那就是帆，因为风筝毕竟有所限制，不能飞到任意的高度上。我还没见过帆船，老叔给我画了一个图样，并详细讲了帆的作用。我的头脑中立刻便有了“一帆风满”的形象。用帆捕捉到路过的风，让风带着船走，想要捉住风多久，就让船走多远，这真是很奇妙的办法。

天真的岁月过去，虽然还是很喜欢风，却再也没有了把风捉住的心思，也代表着童话般的年龄已随风远去。我不知道生命最初的那些美好，是不是都会随着成长而依次消散，只知道，有许多东西真的已经遗失了，在长长的来路上。在我遗忘了捕风这件事很久之后，再次生起这个念头，却是很疲惫的一个中午。

干了一上午的力气活，满头满脸的汗，坐在楼顶上，忽然一阵风吹来，凉爽无比。便想起儿时往事，刹那间明白，除了风筝，除了帆，还可以用汗水捉住风。风融入汗水里，便化作了生命的清凉。用汗水留住风，是最幸福的方法。

后来，对风又有了更多的感受，不管是一剪风还是一片风，都能引发我许多的想象。有一次爬山，累了，就躺在树荫下，仰望着风的脚步踩过每一片叶子，偶尔滑落下来一缕，落在我的脸上，便有着很惬意很悠然的感觉。心里极为宁静，仿佛阅世于长松之下，超脱了生命中许多的桎梏。

于是于微笑中了悟，把一缕风养在心里，让心一直如风般清净自由，才是长久地拥有。

二

我还喜欢影子。几乎是一切影子。大地上的，墙壁上的，镜子里的，水中的，梦里的，除了这些虚幻的，还有雾中朦胧着的，路上远去着的，记忆里回放着的，这些真实的影子更是让我念念不忘。

儿时和一群伙伴在太阳下玩儿，互相追逐着去踩对方的影子，乐此不疲。我家那只黑猫，经常从柜盖上走过，看到墙上镜子里的自己，偶尔会调皮地扑上去，想要捉住那只和它长得一模一样的猫，这样折腾良久，才兴尽而去。我也总是看着镜子里或者水中的自己，经常看到恍惚，觉得那里是另一个世界，而我的影子则是那个世界中的我。

有一个下午，我们发现屋里的东墙上出现一簇花影，觉得很美。向窗外看，原来是西斜的太阳，把院墙上那株扫帚梅送到了东墙之上。于是很想留住这一墙花影，聪明的小表姐就用铅笔在墙上描下了那个影子。后来影子消失了，小表姐的画还在，只是，却没有阳光画下的影子那么美好而生动。

一个冬季的傍晚，外面飘着很大的雪，远远近近一片朦胧。我和姐姐们站在村口的路旁，站了很久，都已成了雪人。可我们却一点儿也不觉得冷，因为心里有着暖暖期盼。终于，路远处，风雪之中，一个身影由模糊渐渐变得清晰，那么亲切而熟悉。我们欢呼着奔跑过去，父亲笑着，挨个儿把我们抱起来，然后，踩着一地的雪，洒落一地的笑声，向家里走去。

那个秋天的早晨，我离开家去外地上学，母亲站在门口一直看着我。走几步，我就回头看，母亲的身影依然在，却越来越远，越来越远，终于在视线中渐渐消失。可是母亲留在我心里的影子却那么清晰，清晰得可以看见她鬓上初生的白发。

刻意留不住的影子，却一直印在心底。我甚至喜欢黑夜，因为黑夜是白昼的巨大影子。有影子，就有光，就有温暖，多好。

三

我更喜欢风里摇曳的影子，更喜欢摇动影子的风。

如果说光是一支神奇的画笔，画下了千姿百态的影子，而风，就是那一抹灵动的思绪，使整个画面都活了起来。

“月移花影上栏杆”，花影在墙上悄悄地走着，静静地凝望，会发现每一片叶子每一个花瓣都在微微地颤动着，那是细细的风在轻轻地抚摸它们。

独坐在岸边，对岸的花草树木都倒映在水中，它们轻摇着一种梦幻般的美好。忽然一阵风无声无息地走过来，水面便漾起了层层波纹，于是，水中的花草树木都在笑着。

如果行走在林间小路上，踩着一地斑驳轻舞的影子，感受着阵阵怡人的风，就会觉得如行梦境。

多好啊，有风，有影子，这个世界。

所以，每次看到一墙摇曳的花影，看到满河笑着的波纹，我的心总是漾满了温柔的谢意。

花花草草

//

向来对花花草草了解得很少，遇见一些花草时，经常叫不出名字，只觉得它们美丽。对于那些养花种草之人，很是钦羡他们那分悠然的心境，日子过得闲且美。而我之于花草，或者花草之于我，都是过客，偶尔的相逢，就已是难得的缘分。

在乡下出生长大，每到春夏，家家户户的房前屋后，都会开满许多花儿，最常见的就是扫帚梅。扫帚梅丛丛簇簇的，而且生命力顽强，一年种下便年年生长。它们长得很高，每一株开出的花都很多，而且花的颜色各异，非常赏心悦目。少年的我经常在傍晚的时候，坐在门前矮矮的土墙上，双腿晃悠着，看着那些扫帚梅在长长的风里摇曳生姿。斜阳在天地间奔跑，给花丛又染上了一层温暖的色彩。

扫帚梅，很土的名字，它太过平凡。多年以后，我偶然在看书时才知道，扫帚梅如果开在高原，就是格桑花。格桑，在藏语中是“美好时光”“幸福”的意思，当平凡的扫帚梅变成高贵的幸福花，在世人眼中的形象虽然没有什么变化，可是那种精神却迥然不同。花犹如此，人何以堪？有时候，生长的环境的确很重要。只是我们无法选择，那么就像花儿一样吧，不管在高原还是平原，不管高贵还是平凡，努力地年年开放就是了。

那时真正的春花，似乎只见过杏花和樱桃花。邻家的菜园里有一棵很大的杏树，春天的时候，未叶先花，粉红的花朵攒攒簇簇地盛开着，一树明艳。而我家的园子里，是一株还很小的樱桃树，起初的好几年都不开花结果，有一年开始开少许的花，很洁白的小花，和邻园的满树繁花相比，像个清纯的小学生。我非常喜欢这些开在树上的花，觉得树花更具魅力。后来搬进城里，住在城市边缘的一个平房里，房后有三棵樱桃树，春天的时候开花极多，花朵不是白的，而是带着极浅淡的粉，便显得妩媚了许多。没事儿的时候，我就伏在北窗台上，看着那三树花儿，一直看到风都倦了，太阳都落了，也意犹未尽。

树花谢了之后，当叶子一片碧青，菜园里就会陆续地开出一些花儿来，那些花儿大多不起眼儿，却也颇具情趣。在架子上探头探脑的黄色的黄瓜花，淡紫的茄子花，匍匐在地上的倭瓜花儿，在枝蔓上攀爬的豆角花，那么平凡，可我却很愿意看着它们静静开放。仿佛那分平凡中有一种力量，因此才会有了满园飘香的果蔬。

在城市边缘的小院里，就再也见不到那些小花儿了，母亲在院子里开辟了一小块花圃，种了许多花，万年红、土豆花之类的，却没有扫帚梅了，很多花我当时记得名字，现在已然忘却。那些花儿把小院点缀得极为幽静，可即使如此，我依然强烈地思念故乡的村庄，思念故园里的花花草草。可是当有一天，我远离了故乡的小城，城市边缘曾经的家便夜夜入梦。那个蝴蝶扇一次翅膀就能穿越的小小院落，我的心却一直走不出去。

转到新的学校上学，我坐在教室最后一排，靠窗，经常听着课就会走神。目光偷偷溜出窗外，墙角处，有一丛草特别茂盛，它总是唤醒我的回忆，让我从这一丛草中，看到村南那片无边无际的大草甸。

我们对于草的接触比花儿还要多，村南的大草甸是探索不尽的乐园。我们总是奔跑于其中，追着低飞的鸟儿，或者捉蚂蚱，细细地在草丛里翻找鹌鹑蛋或者野鸭蛋，累了就躺在草地上，任草叶轻拂脸颊。早晨的时候，走在草甸里细细的小路上，草上的露珠就在霞光中闪烁，被调皮的风从草叶上撞落。秋天的时候，跟着大人去草甸深处割苫房草，那种草的茎极细且中空，晒干切齐，金灿灿地苫在房顶。所以我们的房子叫草房，我们生活在草的庇护之下，家里总有着草原的气息。

我最喜欢小河的浅水边生长的蒲草，大多是香蒲，它们高高的，叶子狭长，一根根淡褐色的蒲棒直直地指向天空。我们经常涉水去折那些蒲棒玩儿，据说香蒲的蒲棒能吃，可是我们谁也不敢尝试。老人们会挑拣一些蒲叶回去编成扇子，摇动之间，香风满怀。后来在书里看到，这种蒲棒又叫水蜡烛，很形象的名字。多年以后，当水蜡烛只能在记忆里出现，才发现，它们虽然遥远，却一直点亮着内心深处美好的眷恋。

秋天的时候，我总和家人去村西的草地上，采一种叫洋铁叶子的草叶，那时它们已经枯黄，采回来填枕头最好不过。枕着这样的枕头，就像躺在秋天的旷野上，据说还有安神的功效。离开故乡后，就再也没有枕过那样的枕头了，也再没有了如躺在故乡怀里那样的酣眠。

有一天在铁道边散步，忽然就邂逅了几朵喇叭花，便想起曾经的故园里，那面墙上，每一年都会爬满喇叭花，现在想来，那些在遥远处盛开的花朵，朵朵都是呼唤的形状。

春风过敝庐

过了立春之后很长的一段时间里，人们是感觉不到春天的。风依然呼啸着，雪依然飞舞着，小孩们也依然穿着厚棉袄厚棉裤厚棉帽，一个个在正月的风雪中奔跑，在二月的大地上嬉闹。如果说这时节有什么不同，那就是不知从哪一天开始，中午的时候，阳光强烈了一些，在无风之处，可以感受到融融的暖意。

春天总是这样，从风雪外一点点地挤进来，然后在不经意的某个午后，一下子挤进我们的眼睛。我们蹲在墙根儿下，阳光落下来，人们便都涌起暖洋洋的懒意。眯眼去看远处的雪，也似乎是倦了，不再那么精神，不再白得晃眼，有些蔫蔫地黯淡下去。虽然大地还是那么单调，可是因为有了暖阳的抚摸，便有了不同，仿佛正在从一个长长的梦里醒来。

积雪在我们的目光中一天天消瘦下去，房檐下开始生长出长长的冰溜子，随后雪就融进了泥土，冰溜子也随着水的滴落渐短渐无。忽然有一天，母亲把前后窗子里外蒙着的塑料布扯了下去，把窗缝间糊的纸也撕掉了，然后把窗子全部打开。阳光和风便呼啦啦地拥进来，阳光没跑出多远，便跌落在地上，而风却轻快地穿堂而过，从北窗又溜了出去，带走了漫长冬天留在屋里的潮湿气味。小鸡们争着飞上窗台，好奇地向屋里窥视，门也打开了，花狗大模大样地登堂入室，一身泥巴的猪只能一脸羡慕地看着。

母亲把一些衣服被子搬到院子里，让阳光洗去它们身上经冬的气息。我和姐姐们也帮着打扫屋子，时时有清风贴脸而过，带着长长来路上的温暖气息，于是我们就都感觉到了春天。屋中央的火炉已经被父亲拆掉，铁皮炉筒子也被一截截地卸下来，收进了仓房。除了年画，除了那些福字对联挂钱，再也没有了关于冬天的东西。

自此，每个中午最暖的时候，家里都会敞开着窗子，让那些赶路的风进来歇歇脚。母亲已经开始收拾南菜园，把那些枯败的秧除去，翻地，开垄，黑黑的泥土重见天日。有一天，姐姐兴奋地指着窗外，燕子回来了！果然，两只燕子正在檐下飞着，检查空了一个季节的家园。这两只最早归来的燕子，水阻山隔从南到北地飞回来，一点看不出疲倦。然后，燕子们陆续都回家了，檐下那些各种形状的巢纷纷生动起来。我坐在炕上，胳膊支着窗台，迎着清澈的风，捡拾燕子们的呢喃，偶尔与外面窗台上的一只鸡对视。只有黑猫依然慵懒，对这些视而不见，卧在炕头轻微地打着呼噜。

虽然每一年的春天都是这样的一个过程，可是每一次春天到来，都有着一种惊喜，还没有准备好心情，春风就已经走进屋来。特别喜欢和眷恋那种感受，和风入户仿若故友重逢，于是房子里，人们的笑颜中，便都有了暖意。

我们就这样每一年惊喜着，流连着，也许，只有母亲知道什么时候迎接那些暖暖的风，在她把门窗都打开的那一刻，我们家的春天才算真正地到来。于是在一年一年穿房而过的春风里，我们长大了，离开了，家成了故乡。在异乡的春天，打开窗子，不知能不能邂逅来自故乡的风，能不能听到风里的那声声呼唤。

我多想牵着春风的手，走过千里路，走回三十多年的岁月，走进那一扇扇熟悉的窗，再看看年少的我们，看看年轻的父母，看看我们无忧的笑容；再听听那个院子里的鸡鸣狗叫，听听那些笑语，听姐姐惊喜地喊：

“快看！燕子回来了！”

栖雪

记忆中的第一场雪紧拥着童年，就像是一个圣洁的开始，牢牢地占据着岁月的一端。我还记得，当漆黑的眼睛与纯白的雪相遇时那一种欢喜的心情。我家低矮的草房，整个村庄，都躲进了雪的怀里，温柔地沉默着。

雪紧跟着季节的脚步，走过时间的风，走过清亮的目光，一生都走在通往消融的路上。雪以最美的姿态莅临，把秋留下来的荒芜和萧瑟悄悄覆盖，忠诚地守护着村庄的秘密。当春天的手把冬的一页翻过去，那些秘密便苏醒了，农田的欢欣，河流的笑声，候鸟的歌唱，人们的忙碌，大地的生机，一一铺展成活色生香的眷恋。

每一年都有近半年的时间与雪纠缠着，所以，雪也占据了我半生的时光。许是雪太多太久了，就渐渐地被忽视，成为一种背景，而在这背景中生长着的，似乎才是吸引人目光的。“前村深雪里，昨夜一枝开”，每次读这首诗的时候，我心里想的是，除了那枝早绽的梅，会有人注意到深深的雪吗？老家的大平原上，没有梅花，甚至连松柏都很少见，冬天是素淡的，可是单调的雪，却总是在回望里有着意想不到的斑斓。或许斑斓的并不是雪，而是一种心情，一种情感。

冬天的雪不会败在阳光下，雪和阳光反而融洽和睦，辉映成一种能指引回忆的光。寒冷是困囿不住我们这些孩子的，我们奔跑在雪野上，呼出大团大团的白气。在这天地间灵动着的，除了跟着我们的狗，还有忽栖忽飞的成群的麻雀。雪宽容地忍受着我们的践踏，我们很难在雪地上留下可以度过整个冬天的足迹，就像在一张经常笑着的脸上，很难留下长久的泪痕。

其实我并不是如何喜欢雪，只觉得它是一种很自然的相伴，就像檐下的燕子，就像满地的庄稼，就像穿堂而过的夏天的风，就像身边的亲人。那时更是不懂诗词，不知道和雪有关的意境，哪怕是一夜的暴雪过后早晨推不开门，哪怕是面对漫无边际的雪原，哪怕是看着大片的雪花纷纷扑落下来，我也只是惊叹一句，好大的雪啊！不过雪确实给了我们很多的乐趣，就像那个阳光淡淡的下午，我在南园扫出一小块空地，撒上粮食，支上圆笸箩，拴上长绳，躲在墙后等着自投罗网的麻雀。那分渗透着希望的等待，早已稀释了寒冷。

只是那个下午运气特别不好，连脚下的雪都忍不住呻吟了，却依然没有麻雀落进去。麻雀们穿着厚厚的袄，站在高高的杨树枝上，或飞上墙头，或落在院子里，倏聚倏散，对我的陷阱视而不见。阳光不知何时隐去，最后一丝耐心耗尽的时候，开始飘起大雪来，我便扔了手中的长绳，跑回房，坐在滚热的炕头上，抚着酣眠的猫，看大朵大朵的雪花争着抢着扒着窗子往屋里窥视。

这时候房门开了，寒风拥着父亲走进来，还有趁隙而入的雪花。父亲一边扑打着赖在身上的雪，一边笑着说：“又赶上一场大雪……”风雪没能阻住父亲奔忙的身影，他可能是在那条路上留下过最多脚印的人，虽然那些脚印又被新的雪覆盖，被岁月的尘埃覆盖，在我的心底却从不曾消散。就像父亲进门的笑声，每一次都轻易地温暖了许多心情。隔窗望出去，风和密集的雪花已回旋成天地间的浓雾，把目光纷纷搅碎。有时候雪还会跑进院子，猪圈，鸡鸭鹅舍，狗窝，都被雪掩埋着，只剩下一个出口。禽畜们悄无声息，只有花狗摇着尾巴钻出来，眯着眼在我身前身后乱转。

在这个巨大的冬天，在每一个巨大的冬天，村庄，人们，院子里的精灵们，都在与雪相依共存。不是这一切离不开雪，而是雪离不开这一切。只有时间是固执的，它一次次打败了执着的雪。我承认我并不是离不开雪，可我必须承认，雪赋予了我一种不一样的生活，一种无可替代不可复制的心情。所以，即使有一天离开了雪国，也离不开那种心境。

那场雪也许是夜里停的，早晨的时候，我踩着一地的光和雪，踩着禽畜们的脚印去南园。我的那个陷阱还是完好的，圆筐箩下的雪极少，仔细翻看，我撒下的那些粮食却不翼而飞。几十只麻雀蹲在高高的积雪的枝上，歪着头不停地嘲笑着我。阳光把我的影子扔进雪的怀里，我和大地紧紧相依。

就像今天，走在一片清冷之中，一直飘着的雪，给我捎来了遥远的消息。原来，岁月深处的那一场雪，就如那群麻雀一般，已不知不觉偷走了我半世的光阴。

知秋

一弯不知疲倦的上弦月，把角落里一只蟋蟀的鸣声，勾得悠长无比。蟋蟀的鸣声唤醒了姥爷的一声叹息，在昏暗的屋子里游走不定。

窗外的黄昏还正年轻，斜阳和一串红辣椒在檐下静静地交流着，从我这个角度正好可以看到它们都羞红了的脸。檐下的燕子们最近颇为忙碌，可能正在打点行装。走出门，南边大草甸上的蛙声渐渐涌起，却带着一种萧瑟的凉意，混合着渐黄的草叶的味道。西边的天空中，那弯细月正驱赶着逃走的夕阳。

空气中流淌着微微的辛辣，姥爷不知什么时候走出来，衔着古老的烟斗，那一点明明灭灭的火光，正努力想点燃天上的星星。姥爷走出院门，花狗也蔫蔫地跟着他。扯开嗓子喊邻家的伙伴，声音越过土墙，把他家的门窗都敲红了，却也不见回应，便觉得很没意思，想自己出去走走。

快跑几步一跃蹬上了院门前的矮墙，旁边那棵并不高大的杨树上，忽然飞起一群麻雀。这些不安分的精灵，这时候反而越发欢快起来。顺着土路向西，不知撞翻了多少迎面跑来的风。走进村口高冈上那片小树林，似乎找到了风的来处，无数的风在里面嬉戏，地上薄薄一层落叶，偶尔还有被风引逗下来的，一片，两片，三片。

目光在开阔的大地上游荡，近处的一片大豆便送来阵阵起伏的铃声。细细的河更显得清清亮亮，被奔跑的霞光踩踏得泛起层层叠叠红色的笑纹。长长的风牵着我的衣袖，回到路口，转头间发现，姥爷正站在大坝的边缘，花狗蹲在身边。太阳已经沉下去了，幽暗中一人一狗，像一幅剪影。西边天上的那弯月更亮了，我愣怔了一会儿，猜想着姥爷在看什么，大地？落日？庄稼？

花狗发现了我，飞快地跑过来，摇动的尾巴把夜色一层层地涂抹。我和花狗回家，姥爷依然一个人站在那儿，他手边有一点光在亮着，不知是天边醒来的星光，还是烟斗里未熄的火光。路上遇见一辆马车，两匹马闷头走路，不紧不慢，任凭三表舅扬起的长鞭在空中绽放出一声声的脆响。三表舅和路旁人家门口的人说着话，说是去镇上修理一些农具，过些日子就要用上了。

夜幕垂下来，村庄竟然比白天热闹了些。三表舅的马车刚过去，比我大上五六岁的二歪，便驱赶着他的部队过来了。那些绵羊还是那么脏，杂沓的足音和凌乱的叫声，把本该寂静的夜给搅乱了。我发现，二歪已然换上了一件很厚的衣裳，上面重叠着补丁，他还是逢人就歪着头笑，有时哭着也笑。他笑的时候，我常常忘了他是个哑巴。

想着不会再遇见牛吧？牛马羊齐全，才是真正的村庄，还有我身边的花狗。只是一直到跳进院墙，也没看见牛。花狗比我先一步跳进去，让我嫉妒得轻踢了它一脚，它装着哀叫了一声，把还在散步的三只鹅和七只鸭子吓了一跳。它们跑到从窗口溜出来的灯光下，它们笨拙了许多，似乎身上的羽衣更厚实了。

那夜我睡得特别早，梦里一片繁华，五月的阳光，六月的河水，七月的大地，正把一个夏天依次绽放。然后，或许是花狗的叫声，或许是村里其他狗的叫声，把我从梦里拽了出来。窗外，是八月的夜，西边来的风摇动着邻家园里那几棵大杨树的枝叶，一片细细碎碎的带着凉意的声音，纷纷坠落枕畔。

于是我又睡着了，一个长长的梦，长如一生。无数次看到大地上的种种，无数次迎着那种凉意，却没有一次感受到生命的苍凉。

最小的果园

她记得是八岁那年的初夏，母亲带回来一些苹果，一家三口吃得那么香甜。这最普通的水果，对于她来说，也是难得吃上一次。所以，她收集了一些苹果籽儿，种在母亲的那些花盆里，想着如果长成树，就可以经常吃苹果了。

于是就有了一分渴盼，直到终于有一点小小的芽儿拱出来，她心里的喜悦也随之破土而出。虽然种下了那么多苹果籽儿，只发芽了一颗，却依然带给她那么多的希望。父亲却打击她，说这样的苗是长不成树的。她不信，也生气。那时候，她很有些讨厌父亲。父亲一条腿曾受过伤，走路一跛一跛的，附近的孩子经常在她面前学父亲走路，她很烦，渐渐地也开始在外面躲着父亲，再不和父亲一起出门。

而且父亲蹬三轮车收废品，说话粗鲁，爱喝酒，这一切，都是她反感的。所以父亲的话，她很少相信。母亲却很能鼓励她，说这东西可能和葱一样，种下葱籽儿，长出来，如果不理会，只会长到一定程度就停止了，也就是所谓的小葱。而把小葱挖出来，换个地方重新栽一下，就会长成大葱。于是，她便想着等苹果苗再长高一些，就找个地方种上。

那是一个雨停的午后，她小心地挖出了树苗，并在后院找了一个有阳光的角落，刨了坑儿，栽进去。树苗扎根在了大地的怀里，虽然还是有些纤细，树丫也不多，却充满了生机。每天好几次去看，渐渐地到了她的膝，到了她的腰。她觉得自己没有苹果树长得快，却一点也不嫉妒。她幻想着，等苹果树长大，这里就成了小小的果园，芬芳四溢。

熬过了一冬天的担心，春末的时候，苹果树终于开始长叶了。又到了夏天，小树的身高终于超过了她。她也比去年长高了许多，可能是已经练了一年舞蹈的缘故。她学习舞蹈很认真刻苦，她知道母亲是顶着巨大的压力送她去舞蹈班的，虽然并不是想让她日后成为舞蹈演员或舞蹈家，只是想让她和那些孩子多接触，多一些快乐。每个月学费不少，父亲不知为此生过多少气，可她却总是在父亲生气的时候，表现出很开心的样子，想让父亲更生气一些。

一个凉凉的秋天来了，苹果树孤零零地站在后院的角落里，少了女孩的陪伴，身畔的寂寞渐渐染黄了它的叶子。她确实有好久没来看它了，虽然她心心念念自己的果园，只是一切都变了，练习一个高难度舞蹈动作时，因为身体失衡，她的左膝处受了很严重的伤。住了两个多月的院，在家里又养了很长时间，当她终于走出家门的时候，面对周围那些小孩们的嘲笑，她哭了。她哭的不是自己，而是父亲。如今自己走路的姿势和父亲一模一样，才明白父亲一直在承受着什么，甚至包括自己女儿对他的厌恶。

父亲对她很冷漠，每天给她按摩三遍腿，他的手粗糙有力，她经常疼得忍受不住，大声哭叫，母亲在一旁也心疼得眼泪汪汪，便让他用劲儿小些。父亲便眼一瞪，哭什么？你要想像我这样走路一辈子，就不用按了！后来，她又能正常走路了，仿佛父亲的那些力气渗入了肌骨之中，虽然还不能跑步，但是已经走得很平稳了。

再次看到苹果树的时候，已是一个崭新的春天了，她的目光抚过每一片叶子。叶子渐渐繁盛起来的时候，竟然开出了一些花来，一层淡淡的粉簇拥着层层叠叠的白。她很惊喜，她一直以为，苹果树和杏树、樱桃树一样，是先开花后长叶的。父亲摇摇摆摆地走过来，不失时机地继续打击她，开花了也不会结果，想结果还得好几年之后。就算结了果，也是野苹果，不一定好吃。她笑看父亲，毫不在意，她早已忘了盼着树长大后可以天天吃苹果的初衷。此时有这些美丽的花儿，就足够了。

后来，苹果树高过了院墙，覆盖了整个院落。她也终于吃到了苹果，虽然有些酸，却让她那么欣喜。她经常坐在树下看书，阳光斑斑点点地漏下来，伴着丝丝缕缕的风，栖在书页上。那个秋天，她就去很远的城市上大学了。光阴飞快，比成长更快。每年放假回来，树依然，她却再也寻不到曾经那个小小的女孩，寻不到曾经年轻的父母，心里有些失落，也有些眷恋。

毕业后，她留在了远方，回来的时间更少了。有一次，父亲打电话，告诉她，住的地方要动迁了，可惜了那棵苹果树，刚刚结了满树的果实。她恍惚了一下，一切都在告别，那个洇染着她生活那么多年的小小果园，也终于要成为过往了。父亲说要给苹果树拍个照留念，她沉默了一下，拒绝了，不知为什么，她从小到大，从没在苹果树下留过影，也许，那时她是想着树会一直在，她也会一直在。

此时她满心失落，不只是为了那个小小的果园。这一年多来，爱情，事业，几乎每一方面都遭受着挫折。许多的美好都在破灭，小小的果园在与不在，心中已没有更多的空间去容纳这分愁。

终于在累极倦极后，她回了家，但家也已不再是过去的家。虽然依旧是城市边缘的平房，虽然大了很多，却不再重叠着熟悉的岁月，不再隐藏着过去的悲欢。在陌生的空气里，她仿佛窒息一般，每日神思恹恹。那个阳光暖暖的午后，父亲忽然递给她一个小小的纸包，拆开来，里面是一些苹果籽儿。父亲说，去年搬家之后，他每天都要回到老房子那里去看看，幸好苹果成熟前，还没有动工，于是就摘了些回来，并留下了苹果籽儿。

她的眼睛燃起了色彩，仿佛看到了久远的时光，她知道，她的果园又要回来了，即使只有一棵树，也是她生命中最芬芳辽远的世界。

只为给你写封信

春天刚刚过去的时候，我回老家办些事，由于老宅一直空着，身处其中，仿佛周围只有往事拥挤。所以当敲门声响起，竟吓了一跳。是老邻居，她家几十年未动，一直坚守故地。邻家阿姨递给我一封信，说是收到一年多了，一直没机会交给我。

很是奇怪，怎么会有人把信寄到老宅，而且，这个年代，信已是很古老之物。看信封上的寄信人地址，是一个遥远的山区，有些熟悉。仔细回想，记忆的迷雾散尽，二十年前的往事清晰如昨。

当时正是暑假，学校让我们去山区社会实践，我所去的那个地方，极为偏僻落后。整个破落的学校，也没有多少学生，不过我喜欢和学生们在一起，用他们纯澈的目光濯洗心上的尘埃。那时，每天的晚饭村里安排我去每一家轮流吃，在那些人家里，感受最多的是一种发自内心的热情，就像漫山的花木，不知不觉间就已经浸润进心灵深处。一个叫张利的男生家里，给我留下的印象最深。他有个姐姐，13岁，瘫痪，两条腿级细，长年坐靠在炕上。第一次见到她时，她正拿着一本书在看，抬头看向我时，眼睛很亮，就像天边刚亮起的星星。

张利的姐姐叫张英，她一直在看着那本弟弟的语文书，时而问弟弟不认识的字。张利就说："老师在这儿，你直接问老师啊！"她看了我一眼，很有些羞涩。后来听张利告诉我，他姐姐非常羡慕他能上学识字，她就让他教她认字看书，每天坐在炕上，看着弟弟以前的语文课本，就会觉得很有趣。那个晚上吃过饭，我听她给我读书到很晚。直到走到夜色里，她的声音仍在耳畔，就像长长的风，带着暖暖的感动。

后来，有时天气晴好的周末，张利会把姐姐背到学校，然后我教她读书识字，听她念那些故事，听我讲外面的世界。张英更喜欢我带来的那些书，可是渴望之余，她却说："我还读不下来呢！等以后我认更多字的时候，再向老师借来看！"有一次我教学生们作文，正讲到书信体，然后就引来这个小丫头一连串的追问。她开始时甚至连信是什么都不清楚，我便告诉她，信就是写给远方的人，她却说："可我认识的人都在身边啊？"我说总会有认识的人离开的时候的，她又问为什么要离开呢？最后终于让她明白了一些，她又问："老师会离开吗？"我点头，她就黯然了。沉默了一会儿，就让我教她写信。

我轻轻地剪开信封，两张折叠得整整齐齐的信纸，打开，第一行："老师……"仿佛耳边依然是那略带羞涩的声音，面前依然是那双明亮的眼睛。字迹很工整，看得出硬笔书法还是很有功力的，由此可以想象，这二十年来，她是如何的刻苦努力。当时她很少写字，识字都是通过看字形硬记下来，还是我鼓励了多次，她才很陌生地拿起笔，小心翼翼地照着写下第一个字，第一个字是"老"，第二个字是"师"。

我一字一字地看完信，心里就像尘埃飞尽，刹那间开满了千朵万朵的花儿。信并没有写多长，也没有写她这些年是怎样生活的，多是回忆曾经在一起的那些日子，虽然很短暂，却是我们共同的经历。我在那个小小的山村，只待了不到一个月的时间，走的前几天，张英让弟弟背着她，每天都在放学后去学校，什么也不说，就是练习写字，反复地问写信的具体问题。她说，以后等她觉得自己学得差不多了，就写信给我，并要了我的地址。我走的时候，弟弟背着她，送我，她依然没有说什么话，眼睛看着我要去的方向，仿佛看到很远很远的地方。

信中说："我练习写字，就是为了给老师写封信，可是后来，一年年过去，每当我觉得自己可以写信的时候，弟弟都会告诉我，老师现在很厉害，是作家，发了很多文章，又出版了什么新书。然后，我只好继续学习，也考了自考，也发了文章，可是，这些都是生活的附丽，其实，我这一切真的只是为了给老师写封信……"

心里软软的，满溢着感动。我知道，即使没有我在，当年的那个小女孩也会一样的努力，从我第一次看到她读书的样子，看到她的眼睛，就已经明白。虽然她没有说她生活的状态，可我想也一定是葱茏着无尽的美好和希望。二十年的时光，一封信从遥远处飞来，载着那个女孩所有的努力，化作我心里的一颗种子。那么多的世事沧桑，此刻全都变得生动起来，当我想起曾经的小女孩的执着。我用二十多年没有写过信的手，给她写了封回信，仿佛一个故事的终结，仿佛另一段美好的开始。

会走路的书

//

有一年生病住院，在嘈杂的大病房里，难得清静，便一直看随身带的书。病房里喧闹时，便去书中寻求宁静，而在夜深人静时，无法入睡，依然要看书。常常是看着看着，便不知何时入梦，书亦随手而抛。

奇怪的是，第二天早晨起来，书依然好好地摆放在床头的小柜子上。有一个夜里，看书时睡意袭来，便把书放在枕边。可早起，发现书仍在小柜子上，记得分明，昨夜是将书放于枕畔，却又怎么跑到柜子上？心里很奇怪，这书就像长了脚长了翅膀一般，总能回到原来的位置。这个晚上，依然是看着书入睡，朦胧中只记得拿着书的手垂下，书落于何处便不得而知了。忽于睡梦中醒来，病房里已熄了灯，想起那本书，便借着门外的灯光寻找，床上没有，柜上没有，地上也没有。这书难道真的修炼成精？

忽听门外有细小的声音，便悄悄来到门边，将门缓缓开了一道缝隙。却见一个十四五岁的男孩，正在走廊的灯光下捧着一本书在看，那本书极像我的。那个男孩是我的同房病友，平时很少说话，也没有人陪护。我没有惊动男孩，回到床上躺下，再也睡不着。不知过了多久，听见轻微的门响，然后极轻的脚步声来到我床前，停留了片刻，便回到了自己床上。我睁开眼，朦胧的光线中，那本书正好端端地放在床头柜上。

又一个清晨，看着那本摆得端正的书，阳光透窗而入，倾洒在封面上，“爱的教育”四个字闪闪发光，心里涌起一种没来由的感动。我依然没有和男孩亲近说话，也没有提书的事，我看得出这是一个很有自尊心且自强的孩子，我就当作什么都不知道。只是每个晚上，我便不再看书到那么晚，总是装作睡着把书随意而抛，为了这个孩子不看得太晚。听着男孩每夜来去的脚步声，想着这本《爱的教育》会带给他一种心灵上的感悟和改变，就会欣慰无比。

我出院的那一天，收拾东西的时候，发现男孩很是有些失落，可能这本书他还没有看完。临走前，我拿着书来到他面前，说：“送给你！”男孩不知所措地接过书，我冲他微笑了一下，便离开了。在那本书的扉页上，我刚刚写下了几句话：“送给爱看书的你，送给坚强的你。这是一本会走路的书，以后它将伴随你走得很远！”并在后面署上了我的名字。

多年以后，当我发表了大量的作品，也出了很多自己的书，却依然没有改变睡前读书的习惯。我的书柜里有着太多的书，只是却再也没有买《爱的教育》。有一天，一个陌生人在网上加我为好友，先问了我的名字，然后又问：“您是不是曾经送过一个少年一本《爱的教育》？”那一瞬间，多年前那些在病房里的夜晚涌上心头，还有那个男孩渴望的眼睛。

几天之后，收到一个快递，拆开，正是那本《爱的教育》，虽然隔着十几年的光阴，却仍是完好如初。扉页上当年写下的话语犹在，书里夹着一封信。原来那个男孩当年是一个贫困人家的孩子，体弱多病，一度对未来失去了信心，是这本书改变了他的生活。他说：“我早知道您发现了我偷看您的书，而您却没有言语，维护了一个孩子自尊得近乎脆弱的心。您的赠言，让我感动很久。如今知道您成了作家，让这本带给我阳光的书、让这本会走路的书，重新走回您的身边吧，就像当年的那些个夜晚，它从我的手上走回您的枕边！”

在外走动了十几年的《爱的教育》，在这样一个阳光暖暖的夏日午后，重又走回到我的身边，却是让我回归了一种温暖、一种感动。

深镌进心灵的目光

一

一个朋友给我讲他的一段经历。

春节前夕，他作为一个打工者挤上了回乡的列车。拥挤的车厢里，他的心也烦乱无比。外出打工近一年，回家时却是身无分文，车票钱都是借来的。想到回家后家人的失望，心便抽搐着疼痛。身前身后都是回家的人，他们脸上洋溢着幸福的笑，想必口袋里也揣着一年的收获。这样想着，他便产生了一个偷窃的念头，有了钱，家里便不会是愁云惨淡，而是团圆过年的欢声笑语。这个念头一起，便像不可扼制的毒草，疯长起来。

已近午夜，在列车单调的鸣响声中，座位上的人已歪着头睡去，站着的也朦朦胧胧。他迅速觑准了一个目标，并判定那人的口袋鼓鼓，定是装着钱。他不引人注意地挤过去，紧贴着那人站稳，思索着怎样下手。待想好所有步骤，再次四顾，见无人看向这边，便把手颤抖着伸向那人的口袋。中途他又向四处看，忽见座位上一个六七岁的小女孩正看着他，那目光清澈见底，有着一种好奇和惊讶。他的手立刻僵在那里，女孩依然看着他，眸子里映着灯光，明亮无比。那一瞬间，那目光，像一根针刺破他膨胀的贪念。他收回手，心里轻松无比，仿佛时光流转，又回到明媚的阳光下。于是他冲女孩微笑，女孩亦甜甜地对他笑。

他说："从那以后，再也不能忘记那小女孩的目光了！每当心里生起黑暗的想法，就像那女孩立刻出现在眼前，那么静静地看着我，一切便烟消云散了！"

二

在长春火车站外，遇见一个乞丐。在人来人往的街边，他就坐在那里垂着头，身前放一纸盒，里面是零星的钱。起初他并未引起我的注意，走近的时候，前面的几个男人忽然停下来，其中一个拿出一张百元大钞，扔向乞丐的盒子。那钞票飘飘转转，落在盒子外面不远处。我可以看见那男人扔完钱后高傲的眼神，以及一种怜悯中带着优越的神情，还有他身边那些人的奉承。而那乞丐只是看了一眼那张钞票，并没有去捡。

那几个人走出几步，回头见乞丐仍未去捡那钱，便走回来，扔钱之人用脚把钱踢到乞丐面前，乞丐仍不为所动。男人恼羞成怒，踹了乞丐一下，说：“给你钱！”乞丐抬起头来，看着那男人。男人说：“再不拿起来我踹你！”乞丐还是没动，只是看着他。那目光凛然深邃，在将暮的黄昏里闪着尊严的光芒。终于，男人败下阵来，弯腰捡起了钱，嘴里骂了句什么，和同伴悻悻然远去。

此时已站了不少围观的人，议论纷纷，都说这乞丐真是傻得可以，怪不得一天才要了这么点儿的钱。站在人群中，忽然想起自己曾无数次地为了利益委曲求全，也曾为了许多东西而违心地奉迎赔笑，脸上就发烧不已。又想到身边太多的人为了一己之所得，或谄或媚，或拍或捧，心中感慨不已。人群渐渐散去，我仍呆立在那里。这时一个小女孩跑过来，将一枚硬币轻轻放进乞丐的纸盒里，乞丐抬起头道了声谢，脸上的笑容温暖无比。

走在街上，心中再无坦然。蓦然间发觉，更多的时候，我们才是真正的乞丐，弄丢了生命中太多弥足珍贵的东西。而那乞丐抬头间的目光，则昭示着一个人立世的铮铮风骨，那是对无良权贵无情的鞭挞，也是对金钱最纯净的仰望。

三

家临水上公园，依山傍水。每有闲暇，便去公园里散步，望岭树山云，伴拱桥清流，神飞无限。可时日一久，虽山犹清水犹绿，却在眼中失去了颜色，也失去了那种浸润心灵的魅力。

常常发现一个十五六岁的女孩，也总是在水上公园里驻足，望那一脉山水。我初来时她就已在这里了，那么多的时日过去，她望向四周的目光仍灼灼闪亮，而不是像我般经眼不经心。终于有一天，我忍不住心里的好奇，便走到她身边，问："天天看这同样的山水，不厌烦吗？"

女孩转头看了看我，比划了几个手势，见我茫然，便从口袋里拿出一个小本子和一支铅笔，飞快地写了几个字给我："我是聋哑人！"我接过笔写下同样的疑问，她看后笑了笑，写道："我听不到声音，说不出话，所以特别珍惜能看见的一切！幸好我还有一双完好的眼睛，让我可以天天看见这些美丽的山水。所以，每一次看的时候，我都觉得特别美！"

顺着她的目光，去看远山近水，忽然便有了全新的体会。那一刻，风景不再游走，时光也不再蒙尘，一切都鲜活如初！从那以后，总会想那个女孩的目光，那样的时刻，再去看身边的一切，都如初初相遇一般，有着最深的领悟，和最动人的美。

四

那时还在一个极偏远的山村当老师。学校就在山脚下，每天上课的时候，透过窗子，就能看见山下那一片青青的草地。几只牛羊在其间悠闲吃草，山上的白云飘来荡去，在这远如天涯的地方，有着一种不染尘嚣的静与美。

每天下午上课的时候，村里的刘二便赶着几只羊在草地上放。典型的农家汉子，黑红的脸上印着沧桑风尘。有一天正上课，转头间发现，刘二不知何时已走到窗前，努力地向我和黑板望着，目光中有着一种难言的渴盼。起初并没在意，可后来他几乎每天如此，心里很是疑惑。若是那些放牛的小孩子如此，我还能理解，可刘二四十多岁的人，又是为了什么？

后来有一次在老校长家吃饭，无意间说起此事。老校长笑，说："我年轻教学时，刘二才八九岁的年龄，上不起学，在家放羊，那时他就天天趴着教室的窗户看我讲课。唉，那眼神，我现在都记得！这么多年了，他一直这样，这孩子的脑袋灵啊，别看他一天学没上过，就这么听，这些年也学了不少东西呢！"

再次见到刘二在窗前，更为他的目光所打动，是的，那是一种能让我感动甚至震动的晶莹。即便多年以后，我早已在那个山村的几千里之外，在繁华的都市中与太多的人相逢相遇，却再也没能见过那样的目光。如此的执着，又是如此的明净，如遥远的山村夜空里，最亮的星星。

奔走的脚步到底通向哪里

//

清晨六点钟左右，十二岁的他便来到铁路边的土路上。有时候他觉得有了这条铁路真好，自己有锻炼的地方了。这是一个小小的村子，在辽阔的大平原深处，而他家，就在村子最前头，长长的铁路从门前经过。

他看了看铁路的西边，两条钢轨延伸向遥远的雾霭中。他深吸了口气，蹲伏在地上压了压腿，虽然做得艰难，可还是坚持压到最大幅度。站起身，擦了擦额上的汗，忽然有轰鸣声远远地传来。转头看，西面有火车的影子出现，只是片刻，火车便驶过来了，带着巨大的响声。

他略弯下腰，火车经过的刹那，猛然向前跑去，向着火车开走的方向。火车飞驰，一个小小少年拼命地跟着奔跑，步伐踉跄，就像随时都会摔倒。火车终于消失在视线中，他才停下脚步，剧烈地喘息。他回头看了看，露出一丝笑容，因为比昨天多跑了十多步。他捡起一块石头，放在刚才停住脚步的地方。这趟火车每天早晨六点十分准时经过，是旅客列车。

他一拐一拐地回到家里。由于天生左足畸形，而且左小腿也有些变形，导致他走路极为不平稳。爸爸妈妈极为心疼他，常给他讲一些身残志坚的励志故事，这对他影响很大。而且，他从小就有梦想，梦想来自门前经过的火车，他一直想着以后一定要走到远方去看看。正是因为如此，他才每天坚持跟着火车跑步，起初的时候总跌倒，可是他咬牙坚持着，终于也能跑得很快且不摔倒了。

这一天早晨，他像平时一样来到铁路旁，准备开始奔跑。火车来了，他又开始发力跑起来，他转头向火车看了一眼，发现许多人都在看着他。各种表情在眼前飞掠而过，却不能影响他的决心。终于停下脚步，比之昨天又进步了一点点。他坐在地上休息，忽然，一张纸片飘落在不远处。

他好奇心起，便去捡了起来，那是一张烟盒纸，反面写着几行字："小伙子，你每天这么跑，是想去哪里呢？我小时候家门前也有火车经过，我出来后，却回不去了！"

坐在土路上，他拿着那张烟盒纸想了许久，也许，那个人小时候也和自己一样，也许他远离了家乡，可是为什么回不去了呢？哪有回不去的家呢？他知道，这趟火车开往的方向，几十里外有个矿区，听爸爸说，那里的人大多是从遥远的外地来的。那个写字的人，就是其中一个吧？

第二天清晨，他又来到铁路边，手里拿着一个大纸壳，上面画着两个醒目的大字：回家！火车来时，他一边跑一边向着火车举起纸壳，他看见匆匆掠过的每一张脸，也不知哪一张是那个写字的人。火车过去后，却再没有纸片飘落。可他依然举着“回家”的纸壳跑了三天，才恢复了以往的生活。

多年后的一天，他终于离开了家门，在父母祝福的目光中走向远方的陌生。他在尘世中奔波了许久，在他的努力中，别人的白眼冷漠变成了钦羡敬佩，可是他却不为所动，就像当年飞驰而过的火车，没了影踪，他却没有因此而停了脚步。他成了一个专业的摄影家，万水千山走遍，越走越远，也常想起家中渐渐老迈的父母，却是一直无缘回去，理由总是太多太多。

有一次，在火车上，他抓拍到了一张照片。当时火车正驶过大片的平原，一个村子忽然出现在视野中，低矮的草房，坎坷的土路，还有一个站在家门前望着火车的男孩。他拍下这张照片后，每次看起，都会触动心底最柔软的部位。仿佛看到了当年的自己，在火车旁奔跑的身影，看到父母在家里，充满欣慰和心疼的目光。也仿佛体会到了当年那个给他扔纸条之人的心情，心里顿时升腾起强烈的渴望，就像当年想要去远方一样。

那一次，下了火车后，他立刻踏上了回家的路。再次见到父母时，他已经在外面闯荡了六个年头，六年里，父母老了许多，可是他们眼中的温暖却一直没变。那个早晨，他向多年前那般，在铁路旁等着火车开来，当火车驶过来时，也仿佛载来了过去的时光。他跟着火车奔跑，跑出了满眼的泪。

而他，看着火车远远消失，记起当初的那个给他扔纸条的人，想着那个人也早就回家了吧！

包利民部分入选中考语文现代文阅读试题篇目

《碎暖》入选2018年辽宁省沈阳市中考

《低头见花》入选2018年黑龙江省齐齐哈尔市中考

《广场上弹吉他的弟弟》入选2018年湖南省衡阳市中考

《大雪封不住希望的心》入选2017年云南省曲靖市、2014年湖北省孝感市中考

《寒不冻心跳，风不散笑容》入选2017年云南省中考

《比刹那更短，比时光更长》入选2016年重庆市中考

《温暖心窝的话语》（原名《温暖的四句话》）入选2015年广西柳州市中考

《花开的方向》入选2014年江苏省镇江市、2014年江苏省宿迁市中考

《走进一片雪花的温暖》入选2013年重庆市中考

《冷风暖香》入选2012年黑龙江省龙东地区中考

《零下三十度的温暖》入选2012年云南省昭通市中考

《梦里江南》入选2010年广西贵港市中考

《创造生活》入选2009年辽宁省锦州市中考

……